われ反抗す、
ゆえにわれら在り

カミュ『ペスト』を読む

宮田 光雄

岩波ブックレット No. 901

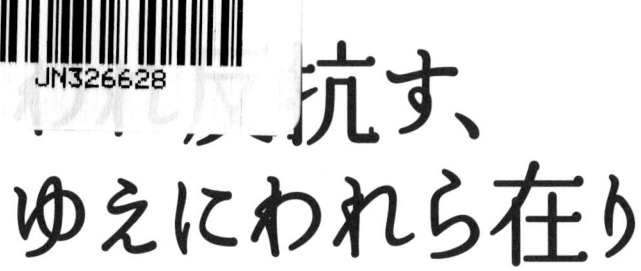

はじめに――なぜ、いま『ペスト』なのか

『ペスト』(新潮文庫、宮崎嶺雄訳。以下、『ペスト』からの引用は原則として同書による)の作者アルベール・カミュ(一九一三―一九六〇年)は、第二次大戦後、《不条理》の哲学をかかげて登場し、実存主義的作風によって、ジャン・ポール・サルトル(一九〇五―一九八〇年)と並んで一時代を風靡した作家である。一九五七年にはノーベル文学賞を受賞したが、その三年後に交通事故のため四〇歳代半ばで急逝した。

しかし、その作品は、文学的古典として生命をもちつづけてきた。二〇一三年一一月七日は彼の生誕一〇〇年目に当たり、その未完の自伝的作品『最初の人間』も映画化され、日本の各地でも上映された。カミュの文学は、現在もなおアクテュアリティを失っていないばかりか、とくに小説『ペスト』(一九四七年)がまさに3・11以後の状況の中で多くの人びとによって想起されたのは、けっして偶然ではない。単純化して言えば、『ペスト』は、不幸と災禍とに陥った社会における人間の行動の可能性を描いている。それは、暗い時代をいかに生きるかについて、われわれに改めて鋭く問いかけるものをもっているのである。

一九四七年に『ペスト』が出版されたとき、カミュは、ようやく三三歳の若さだった。しかし、彼は、すでにナチ・ドイツ軍占領下のパリで小説『異邦人』（一九四二年）と評論『シーシュポスの神話』（一九四二年）を刊行して注目を浴びてきた。加えて反ナチ・レジスタンスの渦中で生まれた新聞『コンバ』の代表者であり、また戯曲『誤解』（一九四四年）、『カリギュラ』（一九四五年）の作者としても広く知られていた。

『ペスト』の出版は、ナチ占領からの解放後三年目に当たり、戦後再建のための政治的・文化的な新しい動向が大きな刺激となっていた。しかし、この作品を戦争体験と戦後の状況からのみ生まれたものとすることはできない。カミュにとっては、貧しい出自、若い日に患った結核の体験、アルジェリアの政治的地位、スペインの市民戦争など、多くの事柄がこの世界を覆う二義性という彼の《不条理》の思想に関わっていたことを見逃しえないであろう。

アルベール・カミュ
©Everett Collection/アフロ

ヨーロッパ社会では、かつて《黒死病》として恐れられたペストを安易に話題にすることはタブーにほかならなかった。それは、集団的不安をかき立てるものだったから。ペストは死やカオスと同義語であり、この致命的な疫病への感染は、社会の秩序や価値を破壊する危険のメタファーとなることができる。カミュの『ペスト』も、さまざまのものを象徴していることに気づかされる。

そこでは、《ペスト》は、まず医学的な意味での伝染病の一つである。それは、突然に無からのように発生し、想像を絶する規模で拡大していく。医師たちの必死の努力をも空しいものにしたのち、しだいに弱まっていき、やがて出現したときと同じように、いつの間にか消滅する。ペストは、アジアとの交易ルートから一四世紀のヨーロッパに入り、わずか数年のうちにヨーロッパ全土の三分の二に拡がり、歴史家の中には総人口の三分の一が死亡したと推定する意見もある。

現代では、エイズやエボラ・ヴィールス、その他の新しい伝染病(感染症)が注目され、世界大の人口移動や大都市への巨大な人口集中、第三世界各地で出現している社会的・医学的荒廃に照らしてみれば、『ペスト』の訴えを文字通りに受け取ることは少しも困難ではないだろう。

第二に、カミュの《ペスト》は、戦争と占領とを意味している。『ペスト』の舞台オラン(アルジェリアの港町)の二〇万人の住民は、厳しい防疫体制下に閉じこめられ、健康な外部世界とのあらゆる接触から断ち切られた。それは、ナチ・ドイツ軍占領下に身体的にも精神的にも牢獄の中で生活させられた何千万というヨーロッパ諸国の人びとを象徴していた。そこで飛び交う独裁支配の合言葉、闇市でのいかさまな取引、享楽への飢餓、固く結びついていると信じていた家族間の離間や確執、愛するもの同士の別離の哀しみや苦しみ。ペストのあいだオランの住民の生活を彩ったこれらすべての現象は、現実にナチ占領下のヨーロッパ各地に出現したものだ。

カミュは、『ペスト』の着想を得た当初、それに『拘禁者たち』という題名をあたえていたという。仮構された《ペスト》は、現実に生じた拘禁状態を象徴するものだったのだ。一九四〇年代に『ペスト』を手にしたフランスの読者は、ただちに身近に体験した戦争と占領とを思い浮かべざるをえなかったことであろう。カミュ自身、フランス人の対独協力者やレジスタンス、孤立や連帯、さらに集団殺戮（たとえば、一九四四年に起きたフランスのオラドゥール村でのナチ武装親衛隊による大虐殺）など、占領期のさまざまの体験を、この小説の中で形を変えて表現している。《ペスト》の象徴的意味は、さらに世界の各地における大震災や大災害（！）――ひいてはこの世における悪と罪なきものの死と苦難の問題――をめぐる、いっそう深い次元に導いていく。この世の《不条理》というカミュの思想は、あくまでも世俗内的に、人間主義的に、地上における人間の諸可能性に向けられている。その際、超越性の次元は、厳格にシャットアウトされていることを見逃してはならない。

にもかかわらず、『ペスト』においては、作品と作者の一体性＝同質性が多様な登場人物たちに、それぞれ力強さと真実さとをあたえている。それは、実存哲学のいう《限界状況》（K・ヤスパース）における人間のさまざまの行動可能性を、文学的に、いっそう具体的・印象的に、描き出していると言ってよい。こうしてカミュの『ペスト』は、二一世紀という現代世界においてわれわれが立たされている切迫した状況――厳しい時代をいかに生きるべきかという問い――にたいして鋭く訴えるものをもっているのではなかろうか。

第1章　ペストに襲われた町

カミュは、この小説では、ペストを二〇世紀の一九四〇年代に北アフリカの港湾都市オランに起こった「けたはずれた奇異な事件」として描いている。ペストに襲われた町は、猖獗《しょうけつ》を極めるこの伝染病によって外界から完全に遮断され、市民全体が生存を脅かされた《極限状況》にさらされる。もっとも、史実としては、一九四〇年代にオランにペストが発生したという記録はないようだ。小説のオランは、カミュにとって、あくまでも《不条理》にさらされたこの世界全体を象徴する一つの典型的な《模像》を示すものなのであろう。

オランは「全く近代的な町」だと紹介されている。市民は朝から晩まで働き、生きるために残された時間をカフェに座り、おしゃべりに空費して過ごす。「彼らは特に取り引きに関心が深く、そしてまず第一に、彼らの表現に従えば、事業を行うことに専心する。もちろん、かの単純な喜びにも興味をもち、女や映画や海水浴を愛する」。ここには、社会の表層にあってモードや慣習に流されながら生きる《現代人》——ハイデッガー流に言えば日常的な《ひと》《ダス・マン》——の姿が示されている。

ペストの発生

物語は、四月一六日の朝、医師ベルナール・リウーが階段口の真ん中で一匹の死んだ鼠に躓《つまず》いて、門番に注意することから始まる。——この小説の最後にいたってはじめて、この医師リウーこそオランの町を襲ったペスト事件の経過全体の記録者だったことが明らかにされる。

やがて人びとは、町中いたるところで、血まみれになった大量の鼠たちがよろめきながら出てきて死んでいくのを目撃するようになる。いつの間にか猫が姿を消し、さらに市民のあいだからも次々と死者が出るようになる。しかし、人びとは、恐怖と嫌悪とを覚えながらも、事態を正視するのを避けようとした。それが恐るべき伝染病の萌《きざ》しであることを認めようとはしなかった。行政当局も、当初、疫病の拡大を阻止するために必要な予防措置を迅速にとろうとはしなかった。

リウーは、オラン市内でもっとも有力な医師リシャールの賛成も得て、県庁に強く働きかけ、保健委員会を招集してもらう。二カ月以内に市民の半数が死滅させられる危険があることを指摘し、警戒措置を講ずべきことを訴える。しかし、ペストかどうかは、まだ確定されてはいない。この段階で「法律による規定された重大な予防措置」をとることには「慎重な考慮」を要する、という声が出る。

こうした緊迫したやりとりの中で、行政当局の代表である県知事は、腰の引けた発言に終始する。「私としては、それがペストという流行病であることを、皆さんが公に認めてくださることが必要です」。リウーは直ちに畳みかける。「われわれがそれを認めなかったとしても、それは依然として市民の半数を死滅させる危険をもっています」。それをペストと呼ぶか否かの「語彙《ごい》」ではなく「時間」こそが問題なのだ。ペストでないとしてもペストの際にとられる予防体制を緊急に敷くことこそが問われているのだ。

論議の末に委員会は、「この病があたかもペストであるかのごとくふるまう」ことに責任を負うという言い回しに「熱烈な賛意」を示して決着した。ここには、危機に際して往々に見られる災厄対処の姿勢が典型的にあらわれているのではなかろうか。政治家は最終的な政策決定の責任を専門家の肩に転嫁したがり、専門家の方は緊急に下すべき判断を先延ばしに回避しようとしがちなのだから。

会議の三日後に県庁の張り出した「小さな白いビラ」からは、当局が事態を正視しているという証拠を引き出すことは困難だった。とられた予防措置は、けっして峻厳なものではなかったから。医師リウーの目には、「世論を不安にさせまいとする欲求」のために多くの必要な措置を犠牲にしているように思われた。

犠牲者の数が一日だけで三〇人台に達した日に、ようやく県当局は、公式にペストの発生を宣言した。市門は閉鎖され、港湾は封鎖された。この時点から翌年二月八日まで九カ月間、オランの町全体が外界から完全に隔離されることになった。

この小説は、ペストが唐突に始まり急速に拡大されていく速度と激烈さとに応じて――いわば一定のリズムをとって――アクセントを変えながら物語られていく。「最初数日の記録は多少微細に渡る必要がある」と記されているように、四月後半の出来事の経過については、時間の単位として《一日》が用いられる。しかし、つづく五月と六月では、時間の単位は、もはや《日》ではなく、むしろ《週》に変えられている。

民衆意識の転換

この間に、「深刻な変貌がこの町の外見を変えた」。当局によって乗用車の運行や食料補給は制限され、ガソリンは割当制になり、電気の節約まで規制された。わずかな必需品だけが陸路と空路によってオランに運び込まれた。贅沢品の店は閉じられ、他の商店にも断りの掲示が貼り出された。その一方では、店頭には買い手の行列が並んだ。

こうして市門が閉ざされて以来、すべての住民は厳しい現実にとらえられ、いわば《追放者》となった。すべての者が、町の外にいる愛する人びとから引き離されて生きなければならなくなった。ペストのつづく時間の長さと過酷さ、その中で人びとの生活意識がどのように変わっていくのかということが、この物語の主題となる。

ペストが人びとのあいだに引き起こした深刻な意識の転換は、何よりも時間にたいする関わり方にあらわれていた。現在から未来に目を向けること、あるいは現在から過去に立ち返ることはまったく意味を失い、《いま》という瞬間にのみ関心が限定されてしまうようになる。

「みずからの現在に焦燥し、過去に恨みをいだき、しかも未来を奪い去られた、そういうわれわれの姿は、人類の正義あるいは憎しみによって鉄格子《てつごうし》のなかに暮させられている人々に

17 世紀，ペスト患者を収容する病院を描いた銅版画(1679) ©アフロ

よく似ていた」。

作者は、それを「すべての囚人、すべての流刑者の深刻な苦しみ」になぞらえている。

たえず増大していく恐怖と苦難とに直面して、人間の行動には、さまざまの可能性が示される。多く見られたのは、「最初はまず人々をつまらぬことに動かされる浮薄な人間にした」ことだった。騒々しい享楽に身を委ねる生き方であり、中には食料や生活必需品の不足につけこんで利益を得ようと悪巧みをする者も出てくる。こうした中で迷信が流行するようになる。なぜなら「もうこの瞬間からは、彼らはむきつけに天の気紛れにゆだねられることとなり、すなわち、理由もなく苦しみまた希望を抱くことになった」のだから。

しかし、他方では、記録者は、こうした「見捨てられた状態は、長い間には結局人々の性格を鍛えあげるべき性質のものであった」と、注目すべき言葉をはさんでいる。ペストは、これまでの惰性的な生活を中断する。絶えざる恐怖をともなう異常事態は、そこにもたらされる疲労感だけではなく、特別の生命の集中感をも生み出す。この危険な状態の中で、これまで気づかれていなかった人間性の内的本性が突如あきらかになる。

たとえば、ペストによる「このだしぬけの、しかも長引いた別居」によって、あらためて「じぶんたちはお互いに離れては暮らせない」ということを自覚した老医師カステルとその夫人の場合。それは、人間的な感情が苦しみさいなまれる死にたいする恐怖よりも強かったことを証明するものだった。この夫妻を「例外」的ケースとして記録した医師リウー自身も、病身の妻にたいする自分のこれまでの態度の欠けに気づかされる。ペストの発生に先立って転地療養させた妻に赦《ゆる》しを乞い、ふたたび結婚生活を初めからやり直すことを決意する。

しかし、いっそう積極的にペストと対決することによって本来の人間性を示す人たちも少数ながら存在した。リウーは、その代表的な存在の一人だった。彼は、オランの町にペストが猖獗を極めているあいだ、疲れを知らぬ医師として患者を看取り、また市全体の防疫体制の組織者として活躍する。そうしたリウーの努力を支えたのは、たとえば日頃目立つことのなかった市役所の下級吏員ジョゼフ・グランの変わることのない具体的協力であった。彼は、自発的に組織された保健隊の一種の「幹事役」をつとめて働いた。

さらに、たまたまジャーナリストとしてパリから取材に訪れてペストにまきこまれたレイモン・ランベールの行動も注目を引く。彼は当初、パリの愛する妻に再会することを熱望して、そのために一時は非合法手段を用いて脱出することさえ企てた。しかし、やがて自分一人の幸福のために生きることに羞恥心を抱き、保健隊に献身する誠実さの持ち主だった。

　また、イエズス会の神父パヌルーも、独特の存在感をもって小説のなかで不可欠の役割を演じている。彼は、火を噴くような激烈な言葉で聴衆の良心に語りかけ、ペストを神の審判のしるしとして回心を迫る学識豊かな説教者だった。ここには、後述するように、ペスト＝この世の《不条理》をめぐる神義論の問題が潜んでいた。

　医師リウーの周りに出てくる多くの登場人物は、長期にわたるペストのあいだに、さまざまの形で変化を経験していった。しかし、不気味なペストの脅威にもかかわらず、何らの影響を受けないで普段と変わらない人間性を示しつづけた人たちもいた。

　たとえば、物静かな目立たない振る舞いを通して、尽きることのない愛の存在を実感させたリウーの母。彼女は、当初、駅前に出迎えてくれた息子のリウーから、鼠の大量死について聞かされても、別に驚かなかった。息子との再会の喜びを「鼠だってなんだって、どうすることもできやしないさ」と、恐れを全く示さなかった。また一風変わったオランの滞在者で、のちにリウーにとって「兄弟のような気のする」心の友となり、ペストとの闘いの労苦を共に担ってくれたジャン・タルーなど。彼は、ひそかに記した観察ノートによって、後に記録者リウーの報告内容に詳細かつ具体的な豊かさをあたえることにも貢献した。

　六月末には、暑熱と共に、ペストの死者は週七〇〇名を超えるほど多くなり、行政当局は、いっそう防疫措置を強化しなければならなくなった。日差しは、町からあらゆる色彩を消し、あらゆる喜びを追放してしまった。この夏には、近くの海へ入ることも禁止され、市民たちは、それまで長らく馴染んできた海水浴の楽しみを味わう権利を奪われた。

ペスト最盛期

これら初夏の出来事につづく第3章は、全五章で構成されるこの小説全体でもっとも短い部分ながら、ペストの最盛期七月・八月を扱っている。それは、一年中でもっとも暑く、もっとも風の強い時季に当たる。暑熱の頂点は疫病のそれとも重なる。町中を吹き抜ける風と埃、空気の乾燥はオランの町全体を苦しめることになった。しかし、そうした中にも、なお患者の出た地区の扱い方をめぐる潜在的な不満や不安は、お互いの《連帯》を妨げる要因となった。

とくに被害がひどい若干の区域を隔離して、そこからは必要不可欠な職務をもつ人間しか出ることを許さない措置がとられた。しかし、その地区に住んできた人びとは、こうした措置を自分たちだけを特に疎外する「弱い者いじめ」のように見なす気持ちを抑えきれなかった。それと同時に、他地区の居住者たちを、まるで自由に生きている人間であるかのように感じざるをえなかった。逆に、他地区の人びとの方では、制限区域の住民たちを自分たちより以上に自由を奪われているのだと考えることに「一つの慰め」を見いだそうとした。「それでもまだ俺以上に束縛されている者があるのだ」というのが、困難な時期をやりすごすために可能な「唯一の希望」をあらわす言葉となった。

ペストは、当初は人口の密集した町の外郭部で猛威を振るっていたが、いまや町の中心地区にも襲いかかってきた。この間に、やがて全市を被う死の犠牲者は、もはや数えきれないほどに増大した。累増する死亡者の埋葬は、いっそう迅速かつ容赦なく行なわれなければならなくなる。すでに教会墓地はあまりにも狭くなり、儀礼を尽くした個人的な埋葬は不可能となる。それに代わって、深く掘られた大きな穴が集団的な墓地とされ、打ち重なった屍体の上には石灰が振りかけられる。

「夏の終わりのあいだ、また秋雨つづきの只中で」、市電は、市民に気づかれぬように、真夜中に多くの屍体を焼却場まで運んでいく。この焼却炉のイメージは、ナチ・ドイツ支配下の絶滅収容所のそれを思い出させるであろう。じっさい、カミュは、この小説のいたるところで、さまざまのヴァリエーションで戦争のメタファーを用いている(包囲、敵、敗北、ｅｔｃ.)。

この間にあって、市民たちは、「事の成行きに甘んじて歩調を合わせ」、世間の言葉を用いれば、みずからを適応させていった。

「それというのも、そのほかにやりようがなかったからである。彼らはまだ当然のことながら、不幸と苦痛との態度をとっていたが、しかしその痛みはもう感じていなかった。……まさにそれが不幸というものであり、そして絶望に慣れることは絶望そのものよりもさらに悪いのである」。

一時の絶望であれば、場合によっては、個々の人間が奮い立って新しい状況を切り開くように決断することも絶無ではないかもしれない。しかし、絶望が持続化され、永続化するように思えるなら、人びとは、そもそも決断する力を失い、いっさいの関心をなくして成り行きに身を委ねることになるからである。

「記憶もなく、希望もなく、彼らはただ現在のなかに腰をすえていた。実際のところ、すべてが彼らにとって現在となっていたのである。これもいっておかねばならぬが、ペストはすべての者から、恋愛と、さらに友情の能力さえも奪ってしまった。なぜなら、愛は幾らかの未来を要求するものであり、しかもわれわれにとってはもはや刻々の瞬間しか存在しなかったからである」。

じっさい、これまでほとんど疲れを知ることがないかにみえた医師リウーさえ、絶えることなく現れるペスト患者を前にして、人間的な感受性が硬化するのを覚える。ルーティン化した診察行為をくり返す中で、治療そのものも投げやりになるのを認めざるをえない。「彼の役割は、もはや治療することではないことを彼は知っていた」。彼の役割は、「診察することであった。発見し、調べ、記述し、登録し、それから宣告する」という《官僚主義化》した作業にすぎなくなっていった。

「まことに、彼が日がな一日人々に分かち与えているものは、救済ではなく、知識であった。こんなことは、もちろん、人間の職務といえるものではなかった。しかし、結局、恐怖にさらされた、死者続出のこの民衆のなかで、いったい誰に、人間らしい職務など遂行する余裕が残されていたであろうか？」。

いまや、オランの町全体の中で、これまで妥当していたすべての規範と秩序とが崩壊したかに見えるようになった。放火、武器をもった小集団による襲撃や略奪、銃火の応酬、窃盗犯の銃殺などが行なわれ、当面のあいだ、一一時以後の夜間の消灯規制措置がとられた。それ以後、オランの町は、完全な闇につつまれ、「さながら石と化した」死の町となった。記録者リウーの筆致は、いっさいの情緒を交えることなく、正確かつ即物的《ザッハリヒ》に、その《終末的》な様相を伝えている。

「月明りの空のもとに、町はその家々の白っぽい壁と、直線的な街路――一本の樹木の黒くはびこった影に汚点《しみ》をつけられることもなく、一人の散歩者の足音にも一匹の犬の吠《ほ》え声にも乱されることのない街路――を連ねている。静まり返った大都会は、このときもう生気を失った巨大な立方体の集合にすぎず、その間にあって、……永久に青銅のなかに封じこまれたかつての大人物たちの無言の肖像だけが、石あるいは鉄製のそのまがいものの顔をもって、かつて人間であったものの落ちぶれた面影を呼び起そうとひとり試みているのであった。これらの陳腐な偶像は、たれこめた空のもとで、生気の絶えた四辻《よつじ》にその身をひけらかしていたが、無感覚な愚鈍者のようなその姿は、今やわれわれの突入した不動状態の時代、あるいは少なくともその終局の様相――ペストと石塊と暗夜とがついにすべての声を沈黙せしめた一個の穴倉の墓地のごとき様相――を、かなりよく象徴していたのである」。

ここには、ペストの支配が絶頂に達したときの町を覆いつくす絶望感と疎外感の雰囲気が地獄絵のように生々しく描き出されている。

このペスト最盛期につづく最後の四カ月、すなわち、夏の終わりから秋、さらに初冬にかかる時季を扱った第4章では、時間の単位は《週》と《月》とに変わる。この秋の季節には靄《もや》と暑熱と雨がつづき、はるかに上空を通過する南からの渡り鳥たちも、町の上を「迂回」していった。ペストは、依然として週また週と足踏みをつづけ、町をその足下にひれ伏させていた。

この間に生じた重要な事件の一つは、オトン判事の幼い息子の悲惨な死という出来事である。医師リウーの同僚カステルによって新しく開発された血清があえて試用された。しかし、それは少年の死の苦痛をいっそう過酷な形で長引かせただけで終わった。この《罪のない》少年の痛ましい死との闘いは、それを見守る人びとの心の中に、あらためてペストの《不条理》をめぐる厳しい問いかけを生み、さらに後述するように、新たな反応を引き起こすことになった。

しかし、クリスマスの時季を迎えた頃から、それまで拡大一途だったペストに新しい兆候があらわれ始めた。肺臓性感染のため寝台に寝かされ呼吸困難に陥っていた老吏員グランは、血清を打たれた翌朝、寝台の上で起きあがることができた。この奇跡的な病患の進行停止をリウーは、「腑に落ちない蘇生」(＝復活)と呼んだ。

小説の最後の第5章は、年の明けた初めの二カ月足らずの厳冬の時季にあてられている。記録者による時間の単位はふたたび変わり、最初の頃のように《一日》ごとに正確なデータが書き込まれていく。

猫や犬の姿がふたたび垣間見られるようになり、それとともに「生きた鼠」の出現も話題になる。それは、あきらかに疫病が突然に退潮し始めたしるしだった。町の人びとは、期待と失望とが交錯するなかで、「興奮と沈滞」——「深刻な懐疑主義」と「楽観思想の自然発生的兆候」とのあいだを、たえず行き来しなければならなかった。こうした中で、ようやく一月下旬には県の当局によって「健康時代の照明に復する」ように命令が発せられた。そして「二月のある晴れた朝の明けがた」、ついに市門を開くことが公示された。

「正午には、太陽は、朝から大気の中で抗《あらが》っていた冷たい風に打ち勝って、揺るぎない光線の絶えることのない波を市《まち》の上に注いでいた。昼は停止したかのようであった。丘の頂にある堡塁《ほうるい》の大砲は、静止したような空に、引っきりなしに轟《とどろ》いた。……広場という広場では、人びとが踊っていた」。

夜になると、暗い港から、公式の祝賀の花火が上がり、市全体は、長いかすかな歓呼をもってそれに応えた。色さまざまの光の束が空に上がる数を増し、人びとの喊声が反響してくる中で、リウーは、「ここで終りを告げるこの物語を書きつづろうと決心した」。こうして初めて、このペストの記録者の存在が明示される。作者カミュは、この記録者の決意の動機について記している。「黙して語らぬ人々の仲間にはいらぬために、これらペストに襲われた人々に有利な証言を行うために、彼らに対して行われた非道と暴虐の、せめて思い出だけでも残しておくために」と。

医師リウーは、できるだけ客観的な証言者であろうとつとめている。それは、一定の感情の抑制を前提としているであろう。しかし、彼は、あくまでも犠牲者たちの味方であろうとする立場を捨てていない。その記録を、次の世代のために書き残しておこうとしたのである。

こうした『ペスト』の提起するさまざまの問題の中から、以下、とくに重要な関心を引き起こす二、三のテーマに焦点を合わせて詳しく論じてみよう。

第2章　災禍に戸惑う人びと――ペストは《神の審判》なのか

ペストの始まった最初の月の終わり頃、オランの状況は、伝染病がいちじるしく亢進したことによってだけではなく、パヌルー神父の「熱烈な説教」によっても、いっそう暗いものになった。パヌルーの名前は、すでに小説の初めの方で紹介されていた。彼は「博学かつ戦闘的なイエズス会士」であり、オランの町では宗教的に無関心な人びとのあいだでさえ尊敬されている人物として。パヌルーの神学的立場は、むろん、近代的個人主義の「放逸」にたいして批判的だったが、前世紀の「蒙昧主義」(＝ウルトラモンタニズム)からも等しく遠ざかった「求むるところ多き」、――すなわち、理想の高い、自信に満ちた――「キリスト教の熱烈な護持者」であった。そうした際に、彼は聴衆に向かって無慈悲な真実を容赦なく語ったが、そこから彼の「名声」も生まれていたのであった。

町の当局者は、ペストと闘う独自の方法として集団祈禱週間を催すことを計画した。この「公の信仰心の表示」として、最終日にはペストの守護聖人ロックの加護を願う荘厳ミサを捧げることになっていた。その際の説教者に指名されたのがパヌルー神父であった。「生来血の気の多い、熱しやすい性《たち》であった」彼は、託された使命を決然たる態度で引き受けた。

この祈禱週間には多くの一般民衆が参加した。それは、おそらく町と港が閉鎖されていたため例年のように海水浴を楽しむことを不可能にされていたからであった。しかし、また市民たちの「はなはだ特殊な精神状態」にもよるところが少なくなかったかもしれない。すなわち、彼らは自分たちを襲ってきた驚くべき出来事を心の底では受け入れていながら、ペストによって何かが変わったことを明らかに感じとってもいたのだから。「おびえてはいたが、絶望してはいなかった。……要するに、彼らは待望のなかにあった」。

パヌルーの第一説教

当日には、かなりの群衆が陪者席まで侵入し、前庭と階段まであふれるほどであった。しかし、「前夜から空は曇り始め、雨が土砂降りに降っていた。外にいる人々は、かさをひろげていた」。作者カミュは、パヌルーの激しい説教が激しい悪天候の只中で行なわれたという事実を、いわば象徴的に暗示している。それとともに、神父の外貌のあたえる厳めしい印象についても言及することを忘れていない。

「彼は、背中は中背ぐらいだったが、しかしずんぐりしていた。彼が太った両手で壇を締めつけるようにして説教壇の縁に身を乗せかけたとき、人々の目には、なにやら厚ぼったい黒い形の上に、鋼鉄の眼鏡の下の赤味を帯びた頰が、二つの斑点のようにのっかっている姿しか見えなかった」。

パヌルーの説教は、けっして錯綜した構造をもってはいなかった。その主題は、オランの住民の罪と罰の問題であった。「皆さん、あなたがたは禍いのなかにいます。皆さん、それは当然の報いなのであります」。彼が「力強い、熱情的な、よくとおる声」で一語一語、区切るような口調で、最初の痛烈な一句を会衆に浴びせたとき、大きなざわめきが前庭の方にまで走った。

こうしてまず旧約聖書の出エジプトの記事が引かれ、それはエジプトの民を襲ったペストと関連させて注釈される。つづいて中世の『黄金伝説』やアビシニアのキリスト教徒の物語など、伝説や歴史上の事例を紹介しながら、オランを襲ったペストがこれまで町の人びとによって積み重ねられてきた罪責にもとづくこと、しかもそれを悔い改めることなくきたことにある、と説明される。

「あまりにも長い間、この世は悪と結んでおりました。あまりにも長い間、神の慈悲の上に安住しておりました。ただ悔悛《かいしゅん》しさえすればよかった。……〔しかし〕実に長い間、この町の人々の上にそのあわれみの御顔を臨ませたもうていられた神も、待つことに倦《うと》み、永劫《えいごう》の期待を裏切られて、今やその目をそむけたもうたのであります。神の御光を奪われて、私どもは今後長くペストの暗黒のなかに落ちてしまいました！」。

ここで神父は、さらに「豊かな潤色をもって」災禍の悲惨さを語りつづける。――「さながら魔王のごとく堂々と」手に「赤い猪槍《ししゃり》」をささげて屋根の上に立つ「ペストの天使」まで登場する。「ペストはそこにいます――しんぼう強く、注意深く、この世の秩序そのもののように落ち着き払って」。「世界という宏大な穀倉のなかで、仮借なき災厄の殻竿《からざお》は人類の麦を打って、ついにわらが麦粒から離れるまで打ち続けるでありましょう」。

こうしてペストが「神から出たもの」であり、この災禍のもつ「懲戒的性格」を明らかにしたのち、帰結されるのは、地上的な幸福を過度に追い求めることから身を転ずること、神に心を向け直す全面的な《回心》への訴えである。

「そうです。反省すべき時が来たのであります。あなたがたは、日曜日に神の御もとを訪れさえすればあとの日は自由だと思っていた。……しかし、神はなまぬるいかたではないのであります。そんな遠々しい交わりでは神の飽くなき慈愛には十分でありませんでした。……あなたがたは今こそ、そしてついに、本質的なものに帰らなければならぬことを知ったのであります」。

「今日では、真理はもう命令であります。そして救済への道は、すなわち赤い猪槍がそれを皆さんにさし示し、またそこへ押しやるのであります。ここにこそ、皆さん、あらゆるもののうちに善と悪とを置き、怒りとあわれみと、ペストと救済とを置きたもうた神の慈悲が、ついに明らかに顕現されているのであります。皆さんを苦しめているこの災禍そのものが、皆さんを高め、道を示してくれるのであります」。

ここには、あたかも《神の兵士》として闘うイエズス会士の姿を彷彿《ほうふつ》させるものがある。

こうしてパヌルーは、会衆にたいして自分がこの席から語るのは、「単に懲戒の言葉ばかりではなく、また心を和める生気をも持ち帰っていただきたい」のだと言う。そこでは、「すべての苦悩の底に宿る、かの永世の無上の輝き」が強調され、地上的苦難を償うための天国への希望が訴えられるのである。

パヌルーの説教は、――説教者自身のあたえる印象や聴衆の反応について、ときおり挿入される記録者リウーの短いコメントによって中断されながらも――その大部分は直接話法的な語りの形で紹介されている。説教がつづいているあいだ、リウー自身は、何ら個人的に感動を覚えさせられることなく、冷静に距離をおいて観察し記述している。

第一説教の最後は、使徒パウロの有名なローマ書四章一八節の言葉(「希望するすべもなかったときに、なおも望みを抱く」)を想起させることで結ばれている。それは、パヌルー自身の直接的な語りとしてではなく、リウーによる要約として間接的な形で記されている。

「かつて今日ほど、パヌルー神父は、万人に差し出された神の救いとキリスト者の希望とを感じたことはないのである。彼はあらゆる希望を越えて、わが市民がこの日々の惨状と瀕死《ひんし》の人々の叫びにもかかわらず、キリスト者の唯一の言葉たる、すなわち愛の言葉を天に捧《ささ》げるであろうことを期待している。その余のことは神がなしたもうであろう」。

この説教がオランの市民たちにどんな影響をあたえたかを確定することは困難だった。リウーにとっては、むろん、一義的にネガティヴなものでしかなかった。パヌルーの説教は、ペストの原因究明のためにも、また災厄と闘う実践的な活動のためにも何ら貢献するものではなかったから。

しかし、聴衆の中には、判事オトンがリウーに明言したように、パヌルー神父の論旨に「全く反駁の余地がない」と感じた人もいた。同様に、ある人びとは、それまでは「漠然としていた観念」、すなわち、「自分たちは何か知らない罪を犯した罰として、想像を絶した監禁状態に服させられているのだ」という観念を、いっそうはっきり感じさせられたのであった。また、その傍らでは、ある人びとは相変わらずの生活のなかで「幽閉状態」に順応して暮らしつづけ、別の人びとは、逆に、何とかこの「牢獄」から脱出したいという唯一の考えに、いっそうとりつかれた。

この日曜日を境として、オランの町には「かなり一般的かつ深刻な一種の恐怖」が生じ、市民は自分たちが絶望的な状況におかれていることを自覚し始めたのであった。

オトン少年の死

説教が終わって間もなく、暑さが始まった。夏が一足とびに空と家々の上を照り渡り、ペストの最盛期を迎えた。病疫の拡大に対抗して、さまざまの形で自発的な保健隊の組織化が計画される。リウーはタルーからパヌルー神父もまた、それに参加したいと申し出てきたことを聞いて答える。「彼があの説教よりはましな人間だと分かっただけでもうれしいね」と。パヌルー神父は、今や具体的にペスト患者の悲惨な姿と直接的に出会うことになる。

オトン判事の小さな息子の死の床でそれを体験したことは、神父にとって、少なくとも彼のペストの神学的解釈を困惑させる重大な機縁となった。老医師カステルが開発した新しい血清は、この少年の死の苦しみをいっそう長びかせ苦しませるという結果しか生まなかった。

この事件のもつ重要な象徴的意義を印象づけるため、作者カミュは、小説の主要な登場人物全員を、この死の場面に立ち会わせている。彼らは皆、少年の死に内面的に深く関わり、心を揺さぶられる体験を味わう。ある意味で少年の死は、この作品の主題を解釈する《鍵》ともなる決定的な場面と言うことができよう。作者は、少年の死をきわめて詳細かつリアリスティックに描いている。

「数カ月以来、病魔の猛威はもう相手を選ばなくなっていたので、彼らはすでに子供たちの死ぬところを見てきたのであったが、しかし今朝からずっとやっているように、そういう子供の苦悶《くもん》を刻々に見守り続けたことは、まだ一度もなかった。しかももちろん、これら罪なき者に加えられる苦痛は、彼らの目に、かつて一度も、その実体どおりのもの、すなわち公憤に価《あたい》する事実として映らなかったことはなかったのである。しかし、少なくともそれまでは、彼らはある意味で抽象的に公憤を感じていたわけであり、それはつまり、彼らがこれまで、罪なき者の断末魔の苦しみをこんなに長く、まともに見つめたことがなかったからであった」。

この引用の中で、作者が「罪なき者」という言葉をくり返しているのは、パヌルー神父による道徳的・宗教的解釈を前提として、リウーがパヌルーとけっして同一視されえないことを強調するものである。パヌルーが第一説教で語ったように神が罪なき者と罪ある者とを区別するというなら、この少年は、――その短い生涯で犯した罪の短さゆえにも――苦しみの長さを容赦されなければならなかったのではないのか。

「そして発作がついに終ったとき、まったく力尽きて、四十八時間の間にすっかり肉のなくなってしまった両腕と骨ばった両足とを引きつらせながら、少年は、荒し尽された床の中で、磔《はりつけ》にかけられた者のようなグロテスクなポーズを作った」。

このような状況のなかで、パヌルーは、ちょっとぐったりしたように壁にもたれていたが、「鈍い声」でつぶやいた。「これで死ぬとしたら、人より長く苦しんだことになってしまうが」と。これにたいするリウーの反応――「いきなり彼のほうへ振り向き、口を開いて何かいおうとしたが、しかしそのまま口をつぐみ、明らかに努力して自分を押さえ、そしてまた少年のほうへ視線をもどした」。

一夜が過ぎて、窓ガラスの向こうには、炎熱の朝がはためき始めていた。「突然、少年は足を折り曲げ、両腿《りょうもも》を腹のそばまで引きつけ、そして動かなくなってしまった。……灰色の粘土に凝固してしまったその顔のくぼみのなかで、口が開いたと思うと、ほとんど直ちに、単一の持続的な悲鳴――ほとんど呼吸による抑揚さえ伴わず、突如、単調な不協和な抗議で部屋中を満たし、そしてまるで、ありとあらゆる人間から同時に発せられたかと思われるほど非人間的な悲鳴――が、その口からほとばしり出た」。

少年の亡くなっていった早朝の雰囲気を、作者カミュは、あたかも聖金曜日のキリストの死を思わせるイメージで描いていることがわかる(十字架の姿態、絶叫、「すべては終わった！」)。リウーは歯を食いしばり、タルーは顔をそむけた。ランベールはカステルのそばの寝台に進み寄り、カステルは膝に広げたままだった本を閉じた。パヌルーは、病いに汚染され、悲鳴に満たされた、あどけない口をみつめた。そして、ぱったり跪《ひざまず》いたと思うと、やや「圧し殺したような声」で、しかし途絶えない悲鳴の陰でもはっきり聞きとれる声でつぶやいた。「神よ、この子を救いたまえ」。潮のようなすすり泣きが室内に打ち寄せ、パヌルーの祈り声を覆った。

少年は、乱れた布団のくぼみに急にちっちゃくなり、涙の名残を顔にとどめて横たわっていた。パヌルー神父は、寝台に近づき、祝別のしぐさをしてから部屋から去っていった。つづいて部屋から出てきたリウーは、怖ろしく急ぎ足で、ひどく気色ばんでいたので、神父を追い越して行こうとした。そのとき、神父から引き留められ声をかけられた。激した身振りで振り向いたリウーは、激しくたたきつけるような調子で神父に言った。「まったく、あの子だけは、少なくとも罪のない者でした。あなたもそれはご存じのはずです！」。

パヌルーの第二説教

オトン少年の死の日以来、パヌルー神父は「変わったように思われた」。保健隊に加わってからの彼は、病院とペストの見られる場所を離れることがなかった。彼は、つねに救護者たちの中で「最前列の地位」に身をおいていた。

パヌルーの第二説教が行なわれたのは、秋のある「大風の日」のことであった。教会の参加者の数はまばらだった。すでに大部分の者にとっては、ミサに出かけるよりもノストラダムスの予言のような「不合理な迷信」にとって代わられ、好んで災厄よけのメダルや聖ロックのお守りを身につけることが多くなっていたから。

神父は、第一説教のときよりも「もっと穏やかな考え深い調子」で、「ある種のためらい」をもって話した。第一説教に見られた性急な断定や強引な説得の調子が引っ込められていた。いっそう興味深かったのは、彼がもう「あなた方」とは言わず、「私どもは」という言い方をしたことであった。そこには、聴衆にたいする感情移入があり、彼らから自分を閉め出さない一体感があった。

第二説教では、その内容を、パヌルーの直接の語り口としてではなく、作者カミュによって記録者リウーの報告とほとんど区別しえない形で伝えられていることも特徴的である。むろん、いっそう重要なのは、こうした語り口よりも今回の説教で語られた内容そのものの方であろう。

奇妙なことに、パヌルーは、前回の説教で説いた事柄が内容的には真実であるという確信を依然として変えてはいない。前回は、そのことを「慈悲の心なく考え、かつ、いった」。しかし、「最も残酷な試練も、キリスト者にとっては、なおかつ利益である」ということは、依然として真実なのである。こうした中でリウーの興味をとても引きつけたのは、パヌルーが前回の見解から変えて語った次の一点だった。すなわち、根本的にすべてを神の視点からとらえ、ペストをもっぱら神の審判としてみる前回の見解を放棄したことだった。

パヌルーは、「世には神について解釈しうるものと、解釈しえないものがある」と力を込めて語ったのである。彼は、「一見、必要な悪と、一見無用な悪とがある」と言い、地獄に落とされた遊蕩児ドン・ジュアンと罪なき子どもの死に言及した。「実に、この地上における何ものも、子供の苦しみと、この苦しみにまつわるむごたらしさ、またこれに見出すべき理由というものほど、重要なものはないのである」。この罪なき子どもの一見無用な苦難という事実において、「神はわれわれを壁際《かべぎわ》に追い詰める。われわれはつまりそういう状態でペストの囲壁のもとにいるわけであり、そしてその囲壁の死の影のなかにこそ、われわれの利益を見出さねばならぬのである」と。

しかし、この苦難を正当化しうる「理由」づけについて、パヌルー神父は、何らの説明をあたえることができない。むしろ、理由を問うことを断念するのだ。記録者リウーはこう結論する。

「彼としては、その子供を待ち受けている久遠の歓喜はその苦しみを償いうると、いうことも容易であったろうが、しかし真実のところ、彼はその点に関してはなんにも知らなかった。そもそも永遠の喜びが、一瞬の人間の苦痛を償いうると、誰が断言しうるであろうか？　そんなことをいうものは、その五体にも霊魂にも苦痛を味わいたもうた主に仕える、キリスト者とは断じていえないであろう。否《いな》、神父は壁際に追い詰められまま、十字架によって象徴されるあの八つ裂きの苦しみを忠実に身に体《てい》して、子供の苦痛にまともに向い合っているであろう」。

そこから彼は、神父が次の言葉を語らざるをえないだろうと認める。

「皆さん。その時期《とき》は来ました。すべてを信ずるか、さもなければすべてを否定するかでありまず。そして、私どものなかで、いったい誰が、すべてを否定することを、あえてなしうるでしょう？」。

いっさいを信ずるか、それともいっさいを否認するか。このラディカルな二者択一は、この不可知論者のリウーにとっても「異端すれすれ」のように思われた。しかし、息も吐《つ》かせず、神父は、さらに語りつづける。「ペストの時代の宗教」は、「ふだん毎日の宗教」と同じであることはできない。すなわち、この「《全》か《無》かの操持」という「最も偉大な徳操」を実践しなければならないほどのペストという激越な不幸の中へキリスト者を投げ込んだことにこそ、神の特別の「恩寵」が宿っている、と。ここで求められている「全的な受容という徳」は、「月並みな諦め」でも「困難な自己卑下」でさえない。これは、「屈従」ではあるが、「自ら同意している屈従」である。たしかに、「子供の苦しみ」は、精神的にも心情的にも耐えがたいことである。しかし、「それゆえにこそ」――そう言ってパヌルーは、自分が言おうとしていることは決して言いやすいことではない、と聴衆に向かって断言する――「神が望みたもうが故にそれを望まねばならぬのである」と。

パヌルーは、このとき、聴衆のあいだに生じたざわめきの気配を察して、「聴衆に代わって」あたかも自問自答するかのように力を込めて語り始めた。すなわち、今後、われわれは、いかなる「身の処し方」をすべきかという問いについて。彼は、ペストをたんに受け身で受容するだけの「運命論」には反対する。これにたいして、「能動的という形容詞を加えた」運命論について論じ始める。歴史上の実例を引き合いに出して、それを説明する。マルセイユの大ペストの記録作者の言葉を信ずるならば、メルシ派の修道院の八一人の修道士のうち、四人だけがこの熱病のあとで生き残った。そしてこの四人のうちで、三人は逃亡してしまった。

「これを読んだとき、パヌルー神父のすべての思いは、ただ一人踏みとどまった修道士――七十七個の死体を見ているにもかかわらず、また特に三人の同僚の手本があるにもかかかわらず、ただ一人踏みとどまったその修道士――の上に注がれたのであった。そして神父は説教壇の縁を拳《こぶし》でたたきながら、こう叫んだ――「皆さん、私どもは踏みとどまる者とならねばなりません」」。

こう記録したリウーは、その意味するところを以下のように正しく要約している。「闇《やみ》のなかを、やや盲滅法《めくらめっぽう》に、前進を始め、そして善をなそうと努めることだけをなすべきである。しかし、その他の点に関しては、これまでどおりの態度を守り、また自ら納得して、すべてを、子供の死さえも、神のみ心に任せ、そして個人の力に頼ろうなどとしないようにすべきである」。

ここでパヌルーは、彼なりの仕方で不幸に反対して闘うという医師リウーの常日頃の実践を支持していることになるのではなかろうか。これこそ苦難と悪という世の不条理に直面して引き出される現実的・具体的な結論であろう。

むろん、パヌルーのような信仰者にとっては、この闘いは、必然的に――不可知論者リウーにとっては悩む必要のない――別の問題と最後まで関わらざるをえない。したがってパヌルーは、第二説教の最後に、神の愛、神への愛という古来の聖書学的なテーマに返ってこざるをえない。ペストは、「われわれ」――すなわち、ここではキリスト者――にたいして「神を憎むか、あるいは愛するか」という二者択一をつきつけるからである。この場合、「何びとが神を憎むことをあえて選びうるであろうか?」」。

こうしてパヌルーにとっては、この世には人間の不信仰と憎しみとを引き起こすさまざまの誘因がある。そしてその理由について無知と理解不能であることとの緊張がつづかざるをえない。にもかかわらず、その只中で、神にたいする苦悩に満ちた問いと「困難な愛」とに踏みとどまらなければならないのである。こうした意味で第二説教の最後に、記録者リウーが直接話法の形で、文字通りに再現したパヌルーの言葉が理解されるだろう。

「神への愛は困難な愛であります。それは自我の全面的な放棄と、わが身の蔑視《べっし》を前提としております。しかし、この愛のみが、子供の苦しみと死を消し去ることができるのであり、この愛のみがともかくそれを必要なもの――理解することが不可能なるがゆえに、そしてただそれを望む以外にはなしえないがゆえに必要なもの――となしうるのであります。これこそ、私が皆さんとともに分かちたいと願った困難な教訓であります。これこそ、人間の眼には残酷に見えながら、神の御眼には決定的なものであるところの信仰であって、そこにわれわれは近づかねばならぬのであります」。

パヌルーによれば、これこそ、「畏怖すべき原型」であり、この「最高所」においては、「すべては融合し、すべては同等となり、表面不正義と見えるものから真理がほとばしり出る」ことを望みうるのだ、という。しかし、この希望を究極的に支えているのは、《垂直的＝終末論的な希望》(H・R・シュレッテ)以外にはないのではなかろうか。

リウーの記録は、パヌルーの第二説教にたいする反響の一端にも短く触れている。彼はちょうど教会堂から外に出てきた一人の年老いた司祭と若い助祭とが語り合うのを耳にした。老司祭は、パヌルーの雄弁に敬意を表しはしたが、その考えの「大胆さ」には懸念を抱いた様子だった。この説教には「力強さよりも、むしろ不安」があらわれていると感じていたようだ。これに反して、日頃、神父の所に出入りしたこともある若い助祭の方は、パヌルーは現在この説教よりも「もっと大胆な論文」を執筆中だが、おそらく教会当局からは印刷許可があたえられないだろう、と断言した。その内容は「司祭が医者の診察を求めるとしたら、そこには矛盾がある」というものだった。

パヌルーの死

パヌルー個人に関しては、第二説教のあとで生じた「不幸な事件」にも触れておかなければならない。疫病の蔓延のため市内では、いたるところで引っ越しが行なわれていた。パヌルーも、これまでイエズス会からあてがわれていた居室を引き払って、教会に常連の老婦人の家に仮寓《かぐう》しなければならなくなった。

しかし、そこで彼は、突然、疲労のあまり呼吸困難におちいり病床に伏した。彼は、その論文の主旨通りに医師の往診を拒み、老婦人からの電話で駆けつけたリウー医師の助けは、すでに手遅れになっていた。パヌルーは、運び込まれた隔離病院でも、施されるすべての処置にたいして何らの関心を示さないで、人びとのなすがままに任せた。しかし、彼が自室の寝台の枕もとから持っていた十字架像だけは、固く握りしめた手から放そうとはしなかった。翌朝、彼は、寝台から身を乗り出して死んでいる姿を発見された。その眼には何の表情も浮かんではいなかった。

パヌルーの死は、あたかも彼の死を預定《よてい》した神の救済プランを何ぴとも妨げえないこと、人間の救済は身体の健康よりもいっそう価値高いものであることを、その良心において確信している者として死んだかのようにみえた。すでにパヌルーの第二説教について医師リウーの友人タルーが語ったコメントは、パヌルーの信仰にもとづく謙虚な死の受容を的確に言い当てていた。

「罪なき者が目をつぶされるとなれば、キリスト教徒は、信仰を失うか、さもなければ目をつぶされることを受けいれるかだ。パヌルーは、信仰は失いたくない。とことんまで行くつもりなのだ」。

医師リウーにとっては、パヌルーの死因がペストによるものかどうか最後まで不確かだったようだ。カルテにはこう記入された——「疑わしき症例」。

しかし、この言葉は、病気の死因ということを越えて、いっそう象徴的な意味合いを暗示しているのかもしれない。すなわち、それは、パヌルーの神学的確信にたいする医師リウーの疑問のような響きももっているのではなかろうか。じっさい、パヌルーの神義論は疑わしい。それは、真理の秘義を「隠された神秘としての神の知恵」（Ⅰコリント二・七）とともに根拠づけようとする、すべての神学的試みと同じく疑わしい。

いずれにせよ、「戦闘的なイエズス会士」パヌルーは、その秘義の認識を断念して、すべてを神の手に委ね、まったく孤独のうちに、信仰の闘いに殉じた殉教者として死んだのだ。

第3章　《神なしに》ペストと闘う人びと——誠実に生きるということ

医師リウーの肖像

まず、タルーの記録ノートに記されたリウーの肖像。

「一見三十五歳ぐらい。中背。がっしりした肩つき。ほとんど長方形の顔。まっすぐな暗い目つき、しかし、顎《あご》は張っている。たくましい鼻は、形が整っている。ごく短く刈り込んだ、黒い頭髪。口は弓状をなし、その唇は厚く盛り上がり、ほとんどいつも固く結ばれている。皮膚は陽にやけ、毛は黒く、そしていつも暗い色の、しかし彼にはよく似合う服を着ているところは、ちょっとシチリアの百姓という風貌《ふうぼう》である」。

リウー自身、この記述を「なかなか正確である」と評している。いずれにせよ、彼は、自分が「強壮で耐久力」を持っていることを自覚していた。「毎日の仕事のなかにこそ、確実なものがある。……肝要なことは自分の職務をよく果たすことだ」。彼にとって重要なのは瞑想的生活ではなく、行動的な生活だった。かつて若い医師として出発した彼は、この間にいっそう謙虚になり、リアリスティックになっていった。身近に知った多くの悲惨な経験、いな、人生そのものが、そうしたすべてのことを教えてくれたのである。

このペストに襲われた町にたいして、外部の世界からは、さまざまの形で「呼びかけや激励」が届けられた。空路および陸路から送られてくる「救助物資」と並んで、毎晩のように電波に乗せて、あるいは新聞紙上で、「同情的なあるいは賞賛的な注釈の言葉」が、孤立しているこの町に殺到してきた。

リウー医師は、それを読むたびごとに、「叙事詩調の、あるいは受賞演説調の調子」にいら立たされた。彼は、そうした「懇切な心遣い」が見せかけだけのものではないことも知っていた。しかし、それらの言葉は、災厄の外にいる人が苦難の渦中にある人びとに向かって自分の気持ちをあらわそうと試みる場合の「慣例的な言葉」によるしかなかったのだ。他者との《連帯》が現実に成立するのは、けっして容易なことではない。

やがてリウーは、一人ひとりのペスト患者の具体的な生と死を前にしてこう記す。「なすべきことは、確認さるべきものを明瞭に確認し、無用の亡霊をついに追い払い、適切な処置を講ずることである」と。パヌルーとは異なり不可知論者として、いわば《神なしに》ペストと闘う医師リウーを支えた力は、いったい、どこから出てくるのか。それを、逐次、検討してみよう。

パヌルーの第一説教は、リウーにとって、ペストを認識する上でも、それと闘う上でも何ら役立つものはなかった。ペストから彼が引き出すのは、そうしたキリスト教的未来待望ではなく、災厄に立ち向かっていくという連帯的・実践的な救援活動でしかありえない。パヌルーの説教は、リウーにとっては、オランを襲うペストを救済史的な世界解釈における不可欠の契機として正当化する絶望的な試みであり、非人間的な教育論にすぎなかった。

パヌルーの説教について、これと少しニュアンスを異にするタルー自身の考えは、その観察ノートにつけた「注」に見出される。「好感の持てるこの熱情的な気持ちは私にもよくわかる。災禍の初めとそれが終わった時とには、人々は常に多少の修辞を行うものだ。……今後を待とう」と。

タルーは、志願の保健隊を組織化する案について相談するため、はじめてリウーを訪問した。このとき、パヌルーの第一説教についてリウーがどう考えているかも話題にした。タルーの質問に答えたリウーの感想。

「私はあんまり病院のなかでばかり暮してきたので、集団的懲罰などという観念は好きになれませんね。しかし、なにしろ、キリスト教徒っていうのは時々あんなふうなことをいうものです、実際には決してそう思ってもいないで。結局、外に表われたところよりはいい人たちなんですがね」。

この発言からは、リウーがキリスト教信仰にたいして全面的に否定的ではないことが注目を引く。じじつ、後になってタルーがパヌルーもまた保健隊に仲間入りを申し入れてきたことを伝えると、リウーは答えている。「彼があの説教よりはましな人間だとわかっただけでもうれしいね」と。

ここで《神》の存在をめぐってタルーとリウーとのあいだに一回目の重要な対話が行なわれる。

「神を信じていますか、あなたは?」。

タルーのこの問いかけにたいして、リウーは、ちょっとためらった後に答える。

「信じていません。しかし、それは一体どういうことか。私は暗夜のなかにいる。そうしてそのなかで何とかしてはっきり見きわめようと努めているのです」。

この答えの背後にあるのは、深い《夜》の経験であろう。すなわち、この世の不条理、とくにそれを象徴する罪なき子どもの苦難と死の意味が解かれないままにある《神の沈黙》ということである。しかし、リウーは、「もうとっくの昔に、私はそんなことを別に変ったことだとは思わなくなっていたのですがね」とつづける。タルーは畳みかける。

「つまりそこじゃありませんか、あなたとパヌルーの違いは?」。

リウーは答える。

「そうは思いませんね。パヌルーは書斎の人間です。人の死ぬところを十分見たことがないんです。だから、真理の名において語ったりするんですよ。しかし、どんなつまらない田舎の牧師でも、ちゃんと教区の人々に接触して、臨終の人間の息の音を聞いたことのあるものなら、私と同じように考えますよ。その悲惨のすぐれたゆえんを証明しようとしたりする前に、まずその手当てをするでしょう」。

ここには、言葉づかいの上で《真実》についての二つの形が対比されている。すなわち、一つはタルーの観察ノートのいう《修辞》上の真理であり、それは、まったく習慣のとりこの中にあって、現実に生じた災厄によっても中断されることがない。これに対して、リウーの口にしている《真実》は、ありきたりの習慣をはねとばし、犠牲者に直接に向かい合う人間から、そうしたありきたりの言葉の使用を中断させる。つまり、パヌルーは、ペストの災厄に至近距離で直面するまで、まだ習慣の世界に属したままで生きており、それゆえ特定の神義論の形で宗教的真理を語りつづけることができるのだ、というのである。

タルーは、さらに一歩踏み込んでリウーに問いかける。

「なぜ、あなた自身は、そんなに献身的にやるんですか、神を信じていないといわれるのに?」。

読者の最大の関心を引くこの問いにたいして、作者カミュは一義的に明瞭な直接話法の形では答えをあたえさせてはいない。

「陰のなかから出ようとはせず、医師は、それはすでに答えたことで、もし自分が全能の神というものを信じていたら、人々を治療することはやめて、そんな心配はそうなれば神に任せてしまうだろう、といった。しかし世に何びとも、……かかる種類の神を信じてはいないのであって、その証拠には何びとも完全に自分をうち任せてしまうということはしないし、そして少なくともこの点においては、彼リウーも、あるがままの被造世界と戦うことによって、真理への路上にあると信じているのだ」。

神の愛と人の愛

この職業意識と関連して、医師リウーの行動のモティーフをさらに正確に探るため、オトン少年が亡くなった後でパヌルーと医師とが交わした《愛》の問答を取り上げてみよう。

オランの町を支配するペストへの「憤り」を口にするリウーにたいして、パヌルーもまた共感をつぶやきながらも、「自分たちに理解できないことを愛さねばならない」と彼の基本的な神信頼の立場を依然として変えようとはしない。リウーは、「いきなり上体をぐっと伸ばし」、「身のうちに感じえたかぎりの力と情熱をこめて」反論する。

「そんなことはありません……僕は愛というものをもっと違ったふうに考えています。そうして、子供たちが責めさいなまれるように作られたこんな世界を愛することなどは、死んでも肯《がえ》んじません」。

パヌルーは哀しげにつぶやく。「私にはいまやっと分かりました、恩寵と言われているのはどういうことか」。リウーは、前より和らげた口調で答える。「それは僕にはないものです、確かに。しかし、僕はそんなことをあなたと議論したいとは思いません。われわれは一緒にはたらいているんです、冒瀆や祈禱を越えてわれわれを結びつける何ものかのために。それだけが重要な点です」。

パヌルーは感動の様子で語りかける。「そうです。確かに、あなたもまた人類の救済のために働いていられるのです」。リウーは、強いて微笑《ほほえ》もうとする。「人類の救済なんて、大袈裟すぎる言葉ですよ、僕には。僕はそんな大それたことは考えていません。人間の健康ということが、僕の関心の対象なんです。まず第一に健康です」。

こうした少し感情的になったやりとりの後でリウーは、パヌルーの手をとって言う。「僕が憎んでいるのは死と不幸です、それはわかっていられるはずです。そうしてあなたが望まれようと望まれまいと、われわれは一緒になって、それを忍び、それと戦っているのです」。「神さえも、今ではわれわれを引き離すことはできないのです」。

じじつ、パヌルーは保健隊に参加して共に働いていたのである。この保健隊には、パリから取材に来たジャーナリストのランベールもまた参加していた。それは、ペスト発生直後の彼の生き方からすれば根本的な転換を示したものであった。

小説の初めでは、ランベールは、人生における幸福と情熱とを体現する存在だった。ペストが拡がり始めたとき、このすべてを破壊する新しい事態を目の前にして、それからひたすら脱出することをのみ願っていた。そのため彼は、医師リウーから健康証明書の発行を求めた。しかし、「今からは」気の毒だが「世間並み」と同じように、この町の者となるのだと言われ、証明書の発行を拒否された。

ランベールは、満腔《まんこう》の熱意をもって、パリに残している妻と再会する必要を訴えたが、「布告と法律」とによって医師の立場としてはできない旨を告げられた。ランベールは、それを「抽象の世界」で語られる「理性の言葉」だ、と激しく反撥する。「公益のための職務」だとしても、「しかし、公共の福祉ってものは一人一人の幸福によって作られてるんですからね」と。たしかに、このランベールの主張は、一見したところ、自分の幸福にのみ執着するエゴイズムのように響くかもしれない。

しかし、彼は、かつてスペイン市民戦争に加わり、敗れた共和派の側に立って戦った過去をもつ人物だった。彼は、ペストと闘うリウーやタルーに向かって、観念のために死ぬヒロイズムを否定し、「自分の愛するもののために生き、かつ死ぬ」ことをこそ熱望しているのだ、と主張する。

この発言を耳にしたとき、医師リウーがランベールの熱意にたいして温かい理解的反応を示したことも注目に値するであろう。リウーは、人間愛にたいする感受性をいっさいもたない非情な官僚主義者なのではけっしてなかった。後にランベールが非合法なルートで脱出を図ろうとして別れの挨拶に立ち寄ったときには、その愛の実現の願いを「正しいこと、いいことだ」と承認している。つまり、リウーは、自分ではなしえない願いが他人によって可能となることを妨げたりはしない。

しかし、ペストにたいする彼の闘いは、必要とする理性の規則から一歩も離れることを許さなかったのだ。可能な限り多くの人びとが生き残ることこそ、個人の幸福よりも優先しなければならない、ということだった。リウーの闘いの根底にあるものを、彼は、こう表現する。

「これだけはぜひいっておきたいんですがね――今度のことは、ヒロイズムなどという問題じゃないんです。これは誠実さの問題なんです。こんな考え方はあるいは笑われるかもしれませんが、しかしペストと戦う唯一《ゆいいつ》の方法は、誠実さということです」。

急に真剣な顔になったランベールは、「どういうことなんです、誠実さっていうのは？」と問い返す。これにたいして、リウーは答える。

「一般にはどういうことか知りませんがね。しかし、僕の場合には、つまり自分の職務を果すことだと心得ています」。

しかし、この時点での医師リウーの仕事は、もはや直接的に患者の治療を主とすることではなくなっていた。それは、たえず隔離するためペスト患者を家庭から連れ出し、家族関係を分断する行政命令に従わせることだった。しかし、彼個人は、妻の病気とペストの防疫活動とによって妻から二重に引き離されていた。彼は、もはや自分自身の生活をもつことなく、その心の内奥において切断されているのを感じていた。彼は、一見、非人間的な決定の執行者であると同時に別離の受難者でもあったのだ。

ランベールは、リウーの妻が何百キロも離れた外国の療養所にいることをタルーから知らされたとき、心揺さぶられて直ちにリウーに電話する。脱出の方法が見つかるまで一緒に働きたい、と。こうした過程の中でランベールは、徐々に意識変革をなし遂げていく。「やっぱり僕は行きません。あなたがたと一緒に残ろうと思います」と、リウーとタルーとに向かってオラン残留の決意をきっぱり告げる。

このとき、リウーは、用心深く、ランベールにたいして、以前の会話で彼が生命をかけた幸福だと見なしていたパリの妻との再会について思い出させようとする。ランベールは、その考えを変えたわけではないが、もし自分が脱出して行ったら「きっと恥ずかしい気がするだろう。そんな気持ちがあっては、向うに残してきた彼女を愛するのにも邪魔になるに違いないのだ」と言う。このとき、リウーは「まっすぐに身を起し」「しっかりした声で」、それは「愚かしいこと」、「幸福のほうを選ぶのになにも恥じるところはない」と断言する。これに答えてランベールは告白する。

「そうなんです。……しかし、自分一人が幸福になるということは、恥ずべきことかもしれないんです」。

「僕はこれまでずっと、自分はこの町には無縁の人間だ、自分には、あなた方は何の関わりもないと、そう思っていました。ところが、現に見たとおりのものを見てしまった今では、もう確かに僕はこの町の人間です、自分でそれを望もうと望むまいと。この事件はわれわれみんなに関係のあることなんです」。

こう言ったあとでランベールは、さらに畳みかけてリウーやタルーの行動の根拠を問いつめようとする。

「それにあなたがただって、それはよくご存じなんだ。さもなきゃ、何をなさろうというんです、あの病院で？　いったい選んだんですか、あなたがたは？　そうして、幸福を断念なさったんですか？」。

長い沈黙がつづき、さらにランベールは「力を込めて」さっきの質問をくり返す。リウーだけが「努力した様子で」答える。

「悪く思わないでくれたまえ、ランベール……しかし、僕にもそれはわからないんだ」。

「自分の愛するものから離れさせるなんて値打ちのあるものは、この世になんにもありゃしない。しかもそれでいて、僕もやっぱりそれから離れてるんだ、なぜという理由もわからずに」。

「これは一つの事実だし、つまりそれだけのことだ」。

「疲れ切った調子で」こうつづけたリウーは、「まあ、そのまま記録しておいて、それから引き出される結論だけを採りあげようじゃないですか」と言った。「どういう結論です?」という追い打ちの問いにたいするリウーの結論。「人間は、同時に治療したり、わかったりはできないんですからね。それなら、できるだけ早く治療するってことですよ。このほうが急を要することです」。

《神》をめぐる最初の対話におけるタルーへの答え、パヌルーとの《愛》問答、さらにランベールにたいする「それだけの事実だ」というこの結論。そこには、そこはかとなく伝わってくるある一貫した理由の所在を感じさせる。しかし、リウーの行動を支える究極的なモティーフの秘密は、まだ、かならずしも明らかにされてはいない。この問題は、最後にまとめて取り上げることにしよう。

タルーの肖像

パヌルーの第二説教のあと、一一月末に、リウーとタルーとの二回目の重要な対話が行なわれた。タルーは、これまで医師リウーの片腕のような存在として防疫活動のために熱心に協働してきた。しかし、彼の出自をはじめとして身辺の事情は明らかにされていなかった。いまや彼は、自分の生い立ちと体験とを語り、「自分の正体」を告白するのである。

タルーの風貌については、小説の初めに、「がっしりと彫りの深い顔に濃い眉毛を一文字に引いた、姿全体に重々しさのある、まだ若い男」として紹介されていた。この告白で明らかにされるのは、タルーの生涯が引きずっていたのが人間の《罪責》の問題だったことである。じっさい、この問題もまた人間の《極限状況》を規定する重要な局面の一つを意味するものなのだ。

それを彼は、この対話の冒頭で、「僕は、この町や今度の疫病に出くわすずっと前から、すでにペストに苦しめられていたんだ」という表現で始めている。タルーにとって逃れがたくみえる罪責のしがらみにたいして、いかに対処すべきか。――それから逃れることができないとすれば、自分の罪責をできる限り小さいものにするために努力しつづけなければならない。一度きりの決断ではこの目標に達しえないとすれば、襲いかかる疲労にたいして、たえず注意を払い、それに抵抗しつづけなければならない。

このタルーの長い生涯の回顧は、「ほぼ原型どおり」直接話法でリウーによって記録されている。「若い頃」には、彼は「自分は清浄潔白だという考えをいだいて暮していた。つまり、全然、考えなどというものをいだいてなかったわけだ。僕は煩悶《はんもん》趣味はないほうだし、世間への第一歩もまず順調に踏み出した」。彼の父親は次席検事をつとめ、その「中庸を守る」生活スタイルの人格にたいして、タルーは「分別ある愛情と尊敬」とを覚えていた。しかし、「ある日、僕は反省し始めた」。

彼は、一七歳になったとき、父からすすめられて重罪裁判所で父の論告を傍聴させられる。そのとき、小柄で貧弱な二〇歳くらいの赤毛の刑事被告人に父が死刑を求刑する場面を見た。彼は「心が病気になってしまい」、家出する。やがて、いっそうよい社会を作るため、つぎつぎと政治運動に加わった。「僕は、自分の生きている社会は死刑宣告という基礎の上に成り立っていると信じ、これと戦うことによって殺人と闘うことができると信じた」。

しかし、この闘争においても判決、投獄、処刑が行なわれた。この「忌まわしい虐殺」の事実に直面して、「たとえきわめて間接的であったにしろ、また善意の意図からにせよ、今度は自分が殺害者の側にまわっていたということが、死ぬほど恥ずかしかった」。彼は、革命運動から離れざるをえなかった。

「僕ははっきりそれを知った――われわれはみんなペストの中にいるのだ、と。そこで僕は心の平和を失ってしまった。僕は現在もまだそれを捜し求めながら、すべての人々を理解しよう、誰に対しても不倶戴天《ふぐたいてん》の敵にはなるまいと努めているのだ。ただ、僕はこういうことだけを知っている――今後はもうペスト患者にならないように、なすべきことをなさねばならぬのだ。それだけがただ一つ、心の平和を、あるいはそれがえられなければ恥ずかしからぬ死を、期待させてくれるものなのだ」。

タルーは、リウーに向かって「僕は人生についてすべてを知り尽くしている」と、再度にわたって口にしている。それは、次の認識だった。「誰でもめいめい自分のうちにペストをもっているんだ。なぜかといえば誰一人、まったくこの世に誰一人、その病毒を免れているものはないからだ」。タルーにとって、「りっぱな人間、つまりほとんど誰にも病毒を感染させない人間とは、できるだけ気をゆるめない人間のことだ。しかも、そのためには、それこそよっぽどの意志と緊張をもって、決して気をゆるめないようにしていなければならんのだ」。

こうしてタルーの到達した現在の立場は、「僕は、間違いのない道をとるように、明瞭に話し、明瞭に行動することにきめた。……まあ、そういうわけで、僕は、災害を限定するように、あらゆる場合に犠牲者の側に立つことにきめたのだ」。

この長い告白は、最後に、きわめて興味深いテーマに移っていく。「どうすれば聖者になれるか」という問題である。「だって、君は神を信じてないんだろう」というリウーの驚いた問いかけにタルーは答える。「だからさ。人は神によらずして聖者になりうるか——これが、今日僕の知っている唯一の具体的な問題だ」と。

《神なしの聖者》というのは、まさに医師リウーの献身的な犠牲的行動についてこそ妥当するのではなかろうか。くり返し治療の空しさを実感させられるにもかかわらず、彼は、ペストの症候を示す患者の表情を目にすれば、医師としての倫理的責任を果たすのを止めることができないのだから。しかし、リウー自身は、こうした「聖者になる」といった考え方を拒否する。彼は、自分が助けえなかったペスト患者の苦悩の運命にたいしてこそ自己の倫理的責任を覚えるのだ。彼にとっては、自分が聖者たるよりも彼らの生命こそが、いっそう高い価値あるものとして妥当しているのだ。

「とにかくね、僕は自分で敗北者のほうにずっと連帯感を感じるんだ、聖者なんていうものよりも。僕にはどうもヒロイズムや聖者の徳などというものを望む気持ちはないと思う。僕が心をひかれるのは、人間であるということだ」。

この慎ましいリウーの言葉の背後には、不断に《実存の中に生きる存在》――不断に倫理的決断の下に生きる人間――という高い要求が秘められていることは明らかである。それゆえ、タルーは、ただちに「そうさ、僕たちは同じものを求めているんだ」と共感を告白することができた。

この重要な対話が交わされた舞台となったのは、ペストに汚染されていた市街地からやや離れた海辺のテラスでのことだった。作者のこの設定も、はなはだ暗示的である。それは、海から吹き寄せる風が潮の香を運び、断崖に打ち寄せる波のひそやかな息づかいが聞こえ、灯台のまたたきが遠くに望まれる静かな夜のことであった。

「友情の記念」に、二人は海水浴を共にして限りない幸福感に満たされる。「月と星影ばかりの空」の下で、「ただ二人、世間から遠く離れ、市とペストからついに解放されて」力泳する。厳しい闘いの場からしばし退行することによって、ふたたびペストに抵抗する力を回復するために。しかし、彼らは知っていた。「病疫も今しがたは彼らを忘れていたし、それはいいことだった、そして今や再びはじめねばならぬ」ということを。

タルーの死

しかし、タルーは、まさにペストが終焉する直前に、その最後の犠牲者となった。

タルーは、当初からリウーと共にペストと闘う最前線に立っていた。その勇敢さ、冷静さ、情熱をもって保健隊を組織し、一緒に闘う仲間と連帯を組んできた。よりによってタルーが最後にペストの犠牲者となったことは、そうでなくても恣意的なペストによる死を、いっそう無意味なものに思わせ、残された者たちの怒りと哀しみとを大きくした。

死ぬのは悪人に限られ、善人は生き残りうるというのではない。人間の生は、じつに多様な形をとり、まことに計り難い。作者カミュは、そうした現実を文学的表現を通して感動的に描いている。

タルーが死と闘う最期の姿は、受難の場面を象徴するかのように思わせる。じっさい、彼は、誠実な罪責意識から弱者のために連帯して行動しつづけた。しかし、勇士はついに倒れた。その死は、先に見たオトン少年の最期と同じく、この小説の悲劇的頂点を形づくる。医師リウーは、ほとんど自分の死であるかのように、友の死の苦しみを共に味わう。

タルーの死の傍らにあって最期まで看取りつづけたリウーの母の姿も印象的である。それは、あたかも十字架の傍らに立つイエスの母マリアのようにさえ見える。タルー自身の観察ノートには、彼女の風貌について、そのすべての言動にあらわれる善良さや笑顔が丹念に記されている。とくに彼女の慎ましさが強調されている。

「そんなにひっそりと陰に埋もれているから、どんな光線にも、たとえペストの光線にであろうとも、りっぱに堪えることができる」と。この文章につづくタルーの言葉。「私の母もそんなふうであった。私は母の同じような慎ましさを愛していたし、母こそ、私がいつもその境地に達したいと思ってきた人間である」。

じっさい、死の床に横たわったタルーの上にリウーの母が身をかがめ、長枕を直してやり、身を起こしたとき、「彼女の耳に、遠くから響いて来る、かき消されたような声が、ありがとうといい、今こそすべてはよいのだというのが聞えた」。

タルーもまたパヌルーと同じく、苦難の生の途上で最期まで《内なるペスト》と闘い、それに殉じたと言うべきなのだろうか。「今こそすべてはよいのだ」というタルーの微《かす》かなつぶやきは、彼がその苦行者としての生の最後に、ついに見いだすことのできた自己受容を暗示しているのではなかろうか。

しかし、リウーは、友の死を悼みつつ回想する。

「希望なくして心の平和はない。そして、何びとたりとも断罪する権利を人間に認めなかったタルー、しかし何びとも断罪せずにはいられず、犠牲者たちさえも時には死刑執行人たることを知っていたタルーは、分裂と矛盾のなかに生きてきたのであり、希望というものはついに知ることがなかったのである。つまりそのために、彼は聖者の徳を望み、人々への奉仕のなかに心の平和を求めていたのであろうか？　真実のところ、リウーにはなんにもわからなかった」。

タルーの死の翌朝。リウーは、妻の死を知らせる電報を受け取る。彼は、顔をそむける母に向かって、「どうか泣かないでくれるように、自分は覚悟はしていたが、それにしてもやっぱりつらいことだ」と言った。ただ彼には、その苦痛は不意打ちではなかった。この数カ月来、またこの二日間というもの、その同じ苦しみがつづいていたのだから。

医師リウーは、この世の不条理という厳しい現実に、くり返し直面させられてきた。彼は、自分の力の及ぶ限り、隣人のためになしうることを果たすことに努めてきた。しかし、オランの市門がようやく開かれ、人びとの歓声が響き渡るとき、自分が勝利したとは感じなかった。むしろ、その心の友と愛する妻とを失い、心身ともに疲れ果てるのを覚えた。にもかかわらず、彼は、ふたたび行動を起こすことを決意する。ペストの記録を残すという仕事に取り組もうとする。

それにしても、彼は、「この記録が決定的な勝利の記録ではありえない」ことも知っていた。それは、おそらく、すべての人びと――「聖者たりえず、天災を受けいれることを拒みながら、しかも医者となろうと努めるすべての人々」――が自分自身の内的分裂にもかかわらず、「さらにまたやり遂げねばならなくなるであろうこと」についての「証言」にほかならなかった。

第4章　「われ反抗す、ゆえにわれら在り」――カミュとボンヘッファー

カミュのキリスト教観

これまで見てきたように、『ペスト』は、人間がさらされている絶えることのない苦難と不条理という《人間の条件》の書であると同時に、にもかかわらず、それに内包された限りない人間の可能性をも暗示する作品である。

この小説の解釈において、しばしばリウーとタルーを合わせたものが作者カミュその人だと言われてきた。しかし、カミュ自身は、どちらかと言えばリウーの方を自分にいっそう近く感じていたようだ。とは言え、リウー即カミュという同一化は、多面的な広がりをもったこの小説の基本的性格に矛盾している。むしろ、カミュは、すべての登場人物の中に自己の多面的な側面をあらわしていることを見逃してはならないだろう。

おそらく読者にとっては、『ペスト』に出てくるこれら多くの登場人物の中でも、一番に関心を引くのは、やはり主人公リウーの存在であり、その献身的な行動を支える力の秘密はどこにあるのかという疑問ではなかろうか。

医師リウーは、タルーとの会話で「聖者の徳」を望むことを否定し、「僕が心をひかれるのは、人間であるということだ」と語った。パヌルーとの最後の会話では、「人類の救済など大袈裟すぎる言葉だ」といって拒否し、「人間の健康ということが僕の関心の対象なのです」と明言している。同様にランベールとの会話では、ペスト患者のために自分の愛する者から離れて働く自己犠牲の究極的な動機を問いつめられたとき、それは、「なぜという理由もわからずに」行なっている「一つの事実だ」と答えるにとどまっていた。

たしかに、それらは、明確な回答にはなっていない。とはいえ、一つの基本的な姿勢に貫かれていることを見逃すことはできないだろう。明白なのは、医師リウーの行動のエネルギー源がキリスト教的な世界やその思想遺産――教義や道徳、さらに終末論的な希望など――から切り離されていることである。

ただ、カミュのキリスト教理解には、ある種の誤解があったことも確かである。彼がパヌルーの口を通して語らせたキリスト教は、かならずしも聖書的な信仰とは同じではないのではなかろうか。カミュは、超越的な神の意志と、この神に支配される人間の生との隔絶性と対立性とを、あまりにも鋭くとらえすぎているように思われる。この問題は、キリスト教神学の歴史を通して、《恩寵》と《自由》の問題として、くり返し論じられてきたものである。

これまでの『ペスト』解釈でも、パヌルーのキリスト教観は基本的にカミュが若き日に接したアウグスティヌス(三五四―四三〇年)の思想に由来していると言われてきた。いな、それは、アウグスティヌスをアウグスティヌス以上に、さらに徹底化した解釈に負うているようにさえみえる(S・ドラム＝H・デューリンガー共編『アルベール・カミュとキリスト教——一つの挑戦』二〇〇二年、参照)。

もっとも、パヌルーが第二説教で最後に聴衆から要求した「全」か「無」かという《飛躍》への決断は、アウグスティヌスよりも、むしろ、同じ北アフリカ出身の古代教父テルトゥリアヌス(一六〇年頃—二二二年頃)の「非合理なるがゆえに信ず」というラディカルな立場に近いのかもしれない。いずれにせよ、パヌルーの未発表論文のテーマ「司祭が医者の診察を求めようとしたら、そこには矛盾がある」というのは、あまりに行き過ぎたカミュの誤解と言うべきだろう。

無信仰者とキリスト教徒

たしかに、カミュは、宗教としてのキリスト教にたいしては無縁だった。それゆえにこそ、「無信仰者とキリスト教徒」(一九四八年)と題して、彼がドミニカン修道院で行なったキリスト教徒との《対話》は関心を呼ぶものである。彼は、その冒頭でこう語っている。

「わたしは……自分がいかなる絶対的真理をもいかなる使命をも所有してはいないと感じているので、けっしてキリスト教的真理が虚妄であるという原則からは出発せず、ただ、わたしがそこに入ることができなかったという事実から出発するつもりだということを明言しておきたいと思います」(『カミュ全集3』所収、新潮社、森本和夫訳)。

この《対話》でも、彼は、俗流的な宗教批判にみられるキリスト教にたいする偏見にくみしていない。歴史的イエスにたいしても、若き日以来の敬意と親近感を失ってはいない。一九五〇年代を通して、彼は、自分のことを神を信じてはいないが無神論者ではないと、くり返し口にしている。これにたいして、《ギリシャ的》なものについて言えば、たとえば『シーシュポスの神話』にあらわれているように、カミュは、《神話》を宗教的伝統としてではなく、むしろ、人間の本質と運命についての象徴的言表《げんぴょう》として理解していた。

この《対話》の中で、カミュは、「まず、悲観論の論争を第一とするもろもろの空しい論争と縁を切ることです」と断言する。キリスト教徒やマルクス主義者たちは、彼を《悲観論者》だと言って非難する権利はまったくないはずだ、と力説している。

「被創造物の悲惨や神の呪いの怖るべき言葉を発明したのは、わたしではないのです。……また、かの音に聞えたマルクス主義的楽観論ときたら！　人間にたいする不信をこれ以上に押し進めた者はおりません。そして、結局、この世の経済的宿命は、神の恣意よりも恐ろしいのです」。

たしかに、カミュは、垂直的なものであれ、水平的なものであれ、いっさいの終末論的な未来待望に反対した。前者については、ユダヤ＝キリスト教的な希望のみでなく、あらゆる宗教——プラトン的な霊魂不滅の形而上学まで——もふくまれる。水平的なそれは、遥かに遠い歴史的未来に実現を求めるマルクス主義的な政治的救済論のことだ。

しかし、これらの思想に反対して、カミュは、にもかかわらず、自分を「人間についての楽観論者」だと紹介し、注目に値する理由づけを示している。「しかも、それは、わたしにはつねに不足なものに思われる人間主義の名においてではなくて、何物をも否定しないようにしようとするところの無知の名においてなのです」（傍点、宮田）と断っているのである。

この少しわかりにくい「無知の名において」というのは、先ほど引いた《対話》の冒頭における、彼の自己限定の言葉に照らせば明白である。ここには、キリスト教が主張する世界の《秘義》にたいして、彼はオープンな――つまり未決定の――立場にとどまるという基本的姿勢を保持しているのである。しかし、彼は、自分の意図するところを隠そうとはしない。

「わたしとしては、あなたがたの前で自分をキリスト教徒にしようと試みるつもりはありません。わたしは、あなたがたと同じく、悪にたいする強い憎悪を持っております。けれども、わたしはあなたがたと同じ希望を持っておらず、子供たちが苦しんで死んでゆくこの世界にたいして闘い続けるのです」。

このドミニカン修道院での《対話》は、カミュにとって、対話それ自体が目的だったのではなかった。あくまでも人間が人間の上にもたらす苦難を阻止するための連帯的行動を訴えようとするものだった。先にみたように、『ペスト』においては、罪なき子どもの苦難が人間の生の不条理を凝縮するものとして表現されていた。この《対話》は、さらにこうつづけられている。

「われわれはおそらく、この世界が子供たちの苦しめられる世界であることを妨げることはできません。しかし、われわれは、苦しめられる子供の数を減らすことはできます。そして、もしもあなたがたがわれわれにその手助けをしてくれなければ、いったい世の中で誰がわれわれにその手助けをしてくれることができるでしょうか」。

「もしもキリスト教徒たちがその決心をすれば、こんにち信仰もなく戒律もなしにいたるところでたゆみなく子供たちのため人間たちのために弁護している一握りの孤立した人々の叫びに、世界じゅうで何百万という声、御承知のとおり何百万という声が加わるであろうということなのです」。

ボンヘッファーとカミュ

このカミュの呼びかけに数年先だって、すでに先駆的に応答していたキリスト者がいた。ドイツの神学者ディートリヒ・ボンヘッファー(一九〇六―一九四五年)のことだ。

彼は、すでに一九三〇年代半ばに、世界教会会議における講演で、ヒトラーの戦争を阻止するために《平和の公会議》を開くべきこと、全世界の教会による一致した戦争反対を決議すべきことを訴えていたが、実現しなかった。その後、彼は、ドイツ抵抗運動に加わり、連合国側との情報連絡の責任を担う中で、秘密国家警察(ゲシュタポ)によって逮捕・投獄された。ヒトラーを排除し

ディートリヒ・ボンヘッファー(1944 年夏，テーゲル陸軍刑務所にて)

ようとする抵抗運動の最後の試みも、一九四四年七月二〇日事件の失敗によって終わってしまった。

しかし、この間に、ボンヘッファーは、ナチの獄中にあって独特の思索を書き残していた(『ボンヘッファー獄中書簡集』新教出版社、村上伸訳)。聖書的概念の非宗教的解釈にもとづく《非宗教的キリスト教》という着想である。

ボンヘッファーにとっては、信仰の名における「彼岸への逃避」や、逆に、「機械仕掛けの神」によるこの世への介入を説くキリスト教は、いずれも否定すべき宗教批判の対象でしかない。むしろ、「神は、われわれの生活の真只中において彼岸的なのだ」。

「われわれは――《たとえ神がいなくとも》(etsi deus non daretur)――この世の中で生きなければならない。このことを認識することなしに誠実であることはできない。そして、まさにこのことを、われわれは神の御前で認識する! 神ご自身が、われわれを強いて、この認識にいたらせたもう。……神は、われわれが神なしで生活と折り合うことのできる者として生きなければならないということを、われわれに知らせたもう。われわれと共にいたもう神とは、われわれをお見捨てになる神なのだ(マルコ福音書一五・三四〔わが神、わが神、なぜわたしをお見捨てになったのですか〕)。神という作業仮説なしに、この世で生きるようにさせたもう神こそ、われわれが絶えずその御前に立っているところの神なのだ」(前掲訳書。ただし訳文を一部変更)。

このイエスの十字架から引き出される現実にたいする新しい視点こそ、キリスト者が不安げに自己自身の内部に目を向けるのを止め、他者のために生きることを決意して、敢然とこの世に立ち向かうように促すものだった。ボンヘッファーにとって、キリスト者であるとは、《真のこの世性》＝此岸性に開かれ、宗教的な後見から《成人した》人間として《他者のために仕える》責任を負うことにほかならない。

「神に対するわれわれの関係は、《他者のための存在》における新しい生、つまり、イエスの存在に参与することにおける新しい生なのである。数限りない、到達不可能な、もろもろの課題というのではなくて、手の届く隣人が超越的なものなのだ」（傍点、宮田）。

ここにいたって、カミュが大著『反抗的人間』（一九五一年。『カミュ全集6』所収、佐藤朔・白井浩司共訳）の中で用いている次の言葉を想起せざるをえない。すなわち、「反抗においては、人間は他人のなかへ、自己を超越させる」（傍点、宮田）と。その意味するところを、やや詳しく辿《たど》ってみよう。

カミュは、すでにこの大著に先立って、そのスケッチとも言うべき論文「反抗に関する考察」（一九四五年。『カミュ全集3』所収、白井浩司訳）を書いていた。その中には、「不条理の体験のなかにおける悲劇は、個人的なものである。反抗の動きがはじまり出すと、悲劇は、集団的であることを自覚する」という文章がある。『反抗的人間』の論理は、こうした脈絡において展開される。「反抗的人間」とは、「否《ノン》と言う人間である。しかし、拒否しても断念はしない。最初の衝動から諾《ウィ》という人間である」。「反抗者が口を開けば、たとえ否と言うときでも、彼は望み、判断しているのだ」。「すべての反抗的行動は、暗黙裡に、ある価値を求めている」。だから、「反抗という行動は、許し難いと判断される侵害に対する絶対的拒否と、同時に、正当な権利に対する漠然とした確信」にもとづいている。

カミュによれば、反抗は、被圧迫者が蒙《こうむ》る自分への迫害にたいして内部的に生じるものだけではなく、他人が犠牲になっている圧迫を見ても起こりうる。この場合に生ずる「他の個人との一体化」は、たんなる「心理的一体化」でもなければ、「利害の共通性の感情」でもない。つまり、自分では反抗しないで耐え忍びうる迫害でも、他者に加えられるのを目にすると、もはや見逃しにできないということが起こりうる。また、われわれが日頃は敵と見なしている人びとに課せられた不正をも、見ているのが耐えられないと思うことがある。そこには、「ただ、運命の一体化と、同志意識だけが存在する」。

ここでカミュは、先ほどの注目すべき言葉を用い、驚くべき結論に達する。

「だから個人がまもろうとする価値は、彼だけのものではない。価値をつくるには、少なくともすべての人が必要である。反抗においては、人間は他人のなかへ、自己を超越させる」（傍点、宮田）。

これまで、たった一人の「個人を苦しめていた病気が集団的ペストとなる。われわれのものである日々の苦難のなかにあって、反抗は思考の領域における「われ思う《コギト》」と同一の役割を果す。反抗が第一の明証となるのだ。しかし、この明証は個人を孤独から引きだす。反抗は、すべての人間の上に、最初の価値をきずきあげる共通の場である。われ反抗す、ゆえにわれら在り」（傍点、宮田）。

カミュにとって、《反抗》は、《革命》とははっきり異なるものである。《革命》は、過度に破壊的であり、過剰に全体主義的な理念をもち、あまりにも膨大な生命の否定をともなう。《反抗》は、こうした行き過ぎに反対せざるをえない。それは、あまりに過大なもの、コントロールしえなくなるもの、生命に敵対するものを《転回》させなければならない。すなわち、それらを正当な限度にまで引き戻し、大量破壊から守られた生を再建しなければならない。

「革命が権力と歴史の名のもとに、殺人的で過激な機械仕掛けとなるとき、新しい反抗が、中庸と生命の名において神聖なものとなる。われわれはいまこうした極限にいる。暗闇の果てには、必ず光があるが、われわれはいち早くそれを認め、それが光り輝くために闘うべきである。ニヒリズムの彼方に、廃墟の中で、われわれすべては一つのルネサンスを準備している。だがそれを知る者は少ない」。

じつは、カミュには一九四三年七月から翌年七月末まで書きつづった四通の「ドイツ人の友への手紙」(『カミュ全集3』所収、白井浩司訳)が残されている。ナチ占領下のヨーロッパにおける同時代のドイツにたいする厳しい批判の文章である。「イタリア語版への序文」の中で、彼は、この手紙の筆者が「きみたち」と言うのは「ドイツ人一般」を意味せず、「ナチスの人たち」を指すものだ、と断っている。逆に、「われわれ」と言うとき、それは「われわれフランス人すべて」を意味せず、「われわれ自由なヨーロッパ人」のことだ、と注釈している。

最初の手紙では、「われわれ」は、「人間に対する嗜好」や「平和愛好」のゆえに「長い回り道」を余儀なくされ、そのために「高価な犠牲」という代価を支払わねばならなかった、と記している。すなわち、「屈辱と、沈黙と、牢獄と、処刑の朝と、放棄と、別離と、毎日の飢餓と、痩せ衰えた子どもたちと、何よりもまず強制された苦行」。その後、「われわれは、精神がわれわれとともにあることを確信してから、いま剣をとることを承諾したのだ。……われわれは、確信を、大義名分を、正義を所有している。きみたちの敗北は避けられない」と言い切る。

最後の手紙は、すでにフランス解放の日も近い頃のものである。

「きみたちは絶望に酔い、絶望を原理にまで高めて、……大地を破壊するだけの、人を疲労させるあの冒険のなかに身体を横たえた」。

「私は、きみたちとは反対に、大地に忠実であるため正義をえらんだ。この世界には最高の意味がないことを、私は信じつづける。しかしこの世界のうちにあるなにかが意味を持っていることを知っている。それは人間である。なぜなら人間こそ、意味を持つことを要求されている唯一の存在だからだ。この世界には、すくなくとも人間という真理がある」。

レジスタンスの只中で書かれたこれらの手紙は、当時、反ナチ抵抗者として獄中にあったボンヘッファーに連帯する手紙であったかのような突飛《とっぴ》な想像すら呼び起こす。

たしかに、ボンヘッファーはカミュとはまったく異なった出自をもち、異なった環境の中で生きてきた。カミュと異なり熱心なキリスト教徒であり、しかも神学者だった。しかし、「神の前で、神とともに、しかし、神なしに生きる」という獄中のボンヘッファーの言葉は、彼を限りなくカミュに近づける。

たとえば、一九四二年末、スターリングラードをめぐって独ソの死活の攻防がくり拡げられていた頃、彼は、抵抗運動の仲間のために「一〇年後に」と題して当時の状況認識を総括する草稿を書き綴っていた。その中で、彼は、近代史の中でドイツ人に欠如している「市民的勇気」の必要性を強調している。それは、キリストにたいする服従という信仰告白を《世俗的カテゴリー》（E・ベートゲ）を用いて、いわば《非宗教的》に表現したものと言ってよいであろう。

時代認識や政治的思考において、ボンヘッファーとカミュには、共通するところが少なくない。何よりもナチズムに対する抵抗という一点において一致していた。このドイツの神学者は、イエスの苦難に学び、犠牲者たちの生命を守るために、あえてナチ政権にたいして《大逆罪》を犯すのをためらわなかった。このことは、カミュからすれば、まさに彼の規定する《反抗》として理解されうるものではなかろうか。逆にまた、もしもボンヘッファーがフランス人であったとすれば、レジスタンスの中で共に闘うことができたであろう。

ヒトラーにたいする反乱計画が失敗に終わった翌七月二一日、その失敗の引き起こす過酷な結果を予期しながら、ボンヘッファーは、彼自身の信仰の歩みをふり返る、きわめて個人的な手紙を書いている。その中で、彼は、かつて「聖い生活」を送ろうと熱心に試みていたが、後になって「人は生のまったき此岸性の中で、はじめて信じることを学ぶのだ」ということを経験するにいたった、と記している。彼は、反ナチ抵抗運動を通して、非キリスト者と共に働く中で、彼らの人格と倫理的態度から強い印象をあたえられた。それとともに、この《此岸性》を神学的にも個人的にも真剣に受けとめ、積極的に評価すべきことに気づかされたのであった。この手紙は、さらに以下のようにつづけられている。

「自己自身を何かに仕立て上げるなどということを――それが聖人であれ〔!〕……または義人であれ悪人であれ、病人であれ健康な人間であれ〔!〕――まったく断念した時に、――そしてこれを僕は此岸性と名づけるのだが、つまり、いろいろな課題や問題、成功や失敗、経験や行きづまりが満ちている中で生きていくことなのだが――、その時こそ、人は、みずからをまったく神の御腕の中に投げかけているのであり、その時にこそ、人はもはや自分の苦しみではなく、この世における神の苦しみを真剣に受けとめているのであり、キリストと共にゲッセマネで目覚めているのだ。

そして僕が思うのに、それこそが信仰であり、それこそが悔改め(metanoia)なのだ。そしてこのようにして、人は、一人の人間に、一人のキリスト者になるのだ。もし人がこの此岸的生活の中で神の苦しみを共に苦しむならば、成功の時に高ぶったり、失敗した時にうろたえたりすることがどうしてあろうか」。

この終わりにある「失敗した時に」うろたえないという言葉からは、七月二〇日事件の挫折が直接に響いてくる。とくに《人間であること》が《キリスト者であること》と等置されているのは、印象的だ。《此岸性》とは、真に人間であることがキリスト者であることの内容を実現することを意味するというのだ。

ボンヘッファーがイエスの苦難に連帯することによって他者のために《隣人愛》を実践しようとしたとすれば、カミュの思想は、人間の苦難に連帯して他者のために生きる《超越性の行為》（T・ジーモンス）を呼びかけるものにほかならない。

この場合、ボンヘッファーにおいては《超越性の内在》というキリスト論的動機づけが明白である。これにたいしてカミュについては、――あえて対比的な言葉を用いるなら――《内在性の超越》という思想的契機が深く刻印されていると言うこともできよう。そこには、まことに興味深い《対照の中のアナロジー》がある（S・ドラム『ボンヘッファーとカミュ』一九九八年）。

先に言及したボンヘッファーの「一〇年後に」の総括は、「毎日をそれが最後の日であるかのように受けとり」ながら「きわめて狭い道」を生きようとする終末論的希望に貫かれていた。「神はすべてのものから、最悪のものからさえも、善きものを生まれさせることができ、またそれを望まれるということを、私は信じる。そのため神は、すべてのことを自らにとって益となるように役立たせる人間を必要とされる」。

ここでは、神の恩寵にたいする信頼が、それに対応して、人間の側での責任ある行動＝《市民的勇気》を不可欠としていることが要請されている。このボンヘッファーの《信仰的》「楽観主義」には、カミュがドミニカン修道院で口にした《対話》の言葉を対比することができる。彼は、自分を「人間のための楽観論者」と規定し、しかも、それを「無知の名において」、すなわち、彼自身の不可知論にもとづいて主張したのであった。

こうしてみれば、いま《荒れ狂う時代》の中で問われているのは、ボンヘッファーかカミュかという《あれかこれか》の選択ではなく、ボンヘッファーとカミュとの《対話》にもとづいて共同の実践行動に出ることではなかろうか。『ペスト』において作者カミュが訴えようとしたことも、それに通じているであろう。パヌルー神父は――二つの説教で神信頼の立場を基本的に変えないまま――保健隊に加わり、医師リウーの活動を側面から援助する共同戦線に立つことができた。医師リウーもまた、それを受けいれ歓迎した。

《神なしに》ペストと闘う力

われわれは、これまで医師リウーを究極的に支える力の秘密は何だったかということを問いつづけてきた。いまや明瞭になったのは、カミュにおいて連帯的な人間実存を可能にするのは、不条理な現実にたいする《反抗》にほかならないという逆説である。

医師リウーは、ペストの終焉した後で、自分に残された課題として『ペスト』の記録に着手した。それによって犠牲者たちの味方となる意志を明らかにした後、さらにつづけて執筆意図について注目すべき言葉をつけ加えている。

「天災のさなかで教えられること、すなわち人間のなかには軽蔑《けいべつ》すべきものよりも賛美すべきもののほうが多くあるということを、ただそうであるとだけいうために」。

この言葉には、リウーにおける人間にたいする《希望》のしるしを認めることができるのではなかろうか。すなわち、『ペスト』においては、一人びとりの人間は、個人の運命を越えた同じ運命を担う他者と繋《つな》がっていることを認識せざるをえない。登場人物は、いずれも同じ不条理の苦難の中に立たされながら、しかし、苦難を分かち合うこと、連帯しながらそれと闘うことを自分にとっての価値あることと感じとる。こうした友情・愛・連帯感は、不条理な生の感情に対抗することを可能にする人生の価値だと言えるのではないのか。

たしかに、『ペスト』は、一面において、暗い時代に生きるわれわれには、未来にたいする希望が乏しいといることを示しているかもしれない。しかし、他面では、すべての人間がこの感情を共有していることを教え、生きる意味を失ったかにみえる世界にたいして人間を反抗させもするのである。むろん、この反抗は、ただ限られた範囲と意味において成功するものでしかないかもしれない。しかし、それは、なお一人びとりにとって、ある《意味》をもつものであることを経験させる。

「リウーの目に映ずる、家々の戸口で、薄れかけた日ざしのなかに、力いっぱい抱き合い、夢中になって顔を見つめ合っている人々が、彼らの欲したものを手に入れることができたとしたら、それは彼らがただ一つ自分たちの力でどうにでもなることだけを求めたからであった」。

『ペスト』の訴えかけるアクチュアリティ（現実性）は、リウーの記録の最後の最後に追記されている次の言葉であろう。

「ペスト菌は決して死ぬことも消滅することもないものであり、数十年の間、家具や下着類のなかに眠りつつ生存することができ、部屋や穴倉やトランクやハンカチや反古《ほご》のなかに、しんぼう強く待ち続けていて、そしておそらくはいつか、人間に不幸と教訓をもたらすために、ペストが再びその鼠《ねずみ》どもを呼びさまし、どこかの幸福な都市に彼らを死なせに差し向ける日が来るであろう」。

この最後の言葉には生の不条理というテーマがこだましている。《ペスト》は、死と苦難に規定された人間の生の状況という基本的な事態を特別に強烈な形で示すものにすぎない。あの海辺での会話でタルーがリウーに向かって自分の出自と過去について語ったとき、その生涯を《ペスト患者》として規定してみせた。登場人物の一人である喘息《ぜんそく》病みの老人も、まったく同じことを口にしている。「ペストとは、人生というものだ」と。

これからも戦争はくり返し起こるかもしれない。病気や罪なき者の苦難、人間のあいだのさまざまの悪行は絶えることなく生ずるだろう。こうした地上における生の現実にたいして、われわれは不断の警戒を怠ってはならない。そのためには、過去の《ペスト》についての歴史的証言を心に刻むこと、それによって現在の《ペスト》が向かう方向を正しく見定めることを問われている。こうして将来に向かって状況を新しく切り開くために、必要とあれば、いつでも抵抗しうる力を蓄えておかなければならない。一人びとり、あたえられた持ち場に固く踏みとどまり、さまざまの形で可能となる連帯的行動に打って出るために。

この時代においても、自分自身によって、自分自身にたいして定義された価値を発見し、自分自身の決心にもとづいて、それを行動に移す一定の自由の余地は、なお残されている。共通に体験された《集団的ペスト》にたいする連帯的な《反抗》から、いつの日か、新しい結びつきにもとづいて、普遍的な人間性に開かれた《われわれ》の社会が生まれうる希望を捨て去ることはできない。

カミュは、一九五七年秋、ノーベル文学賞受賞記念に行なわれた「スウェーデンでの演説」(『カミュ全集9』所収、清水徹訳)の最後を、次の言葉で結んでいる。

「偉大な思想は鳩の足に乗ってこの世にやってくる、と言われてきました。それならばおそらくは、耳を澄ませば、あまたの国家や国民の喧噪のただなかにあっても、生と希望の静かな引越しの音が、かすかな羽ばたきのように聞こえてくるでありましょう。この希望はある国の人民によって運ばれてくるのだ、と言うひともあれば、あるひとりの人間が運んでくるのだ、と言うひともありましょう。私は逆にこう思うのです、この希望を産みだし、活気づけ、養っているのは何百万の孤独な人びとなのだ、彼らの行動と作品は境界と粗雑きわまる歴史の外貌とを日々に否定して、彼らのひとりひとりが自分の苦しみと自分の悦びの上に万人のために打ち立てようとするあの真実、つねに脅かされているあの真実を、束の間燦然と輝きださせるのだ」。

【付記】本書は「《ペスト》の時代にどう向き合うか――いま、カミュ『ペスト』を読む」(全四回、『世界』二〇一四年一～四月号連載)に加筆のうえ、表題を改めてまとめたものである。

宮田光雄

1928年，高知県に生まれる．1951年，東京大学法学部卒業．東北大学名誉教授．ヨーロッパ思想史専攻．

著書に『非武装国民抵抗の思想』『キリスト教と笑い』『ナチ・ドイツと言語』(以上，岩波新書)，『きみたちと現代』『生きるということ』(以上，岩波ジュニア新書)，『いま人間であること』『大切なものは目に見えない──『星の王子さま』を読む』(以上，岩波ブックレット)，『カール・バルト──神の愉快なパルチザン』(岩波現代全書)，『ボンヘッファー　反ナチ抵抗者の生涯と思想』(岩波現代文庫)，『聖書の信仰』全7巻，『国家と宗教』『ホロコースト〈以後〉を生きる』(以上，岩波書店)，『宮田光雄思想史論集』全8巻(創文社)，『ボンヘッファーとその時代』『十字架とハーケンクロイツ』『権威と服従』(以上，新教出版社)など．

われ反抗す，ゆえにわれら在り
──カミュ『ペスト』を読む

岩波ブックレット 901

2014年6月4日　第1刷発行
2020年6月5日　第3刷発行

著　者　宮田光雄《みやたみつお》

発行者　岡本　厚

発行所　株式会社 岩波書店
〒101-8002 東京都千代田区一ツ橋 2-5-5
電話案内 03-5210-4000　営業部 03-5210-4111
https://www.iwanami.co.jp/booklet/

印刷・製本　法令印刷　　装丁　副田高行　　表紙イラスト　藤原ヒロコ

ISBN 978-4-00-270901-7　　Printed in Japan